Een doodgewoon stel

Isabelle Minière

Een doodgewoon stel

Vertaald uit het Frans

door Henne van der Kooy

Van Gennep Amsterdam

Oorspronkelijke titel en uitgave:
Un couple ordinaire, Le Dilettante, Parijs 2005
© 2005 Le Dilettante
© 2006 Nederlandse vertaling Uitgeverij Van Gennep
Nieuwezijds Voorburgwal 330, 1012 RW Amsterdam
Ontwerp omslag Erik Prinsen
Verzorging binnenwerk Hannie Pijnappels
Foto auteur © Le Dilettante
ISBN 90 5515 699X / NUR 302

'(...) sommigen zijn, beducht dat er ongustig over hen gesproken of dat hun kwaad aangedaan wordt, tot lafaards geworden. Zij hebben de rechte weg naar het goede verlaten als gevolg van hun onvermogen minachting te verdragen.'

'Ooit beland je in de klauwen van een kletsmajoor die je niet meer laat gaan en je overvoert met zijn gepraat. Wees dan niet timide, snoer hem onmiddellijk de mond en ga over tot de orde van de dag. Dergelijk ontwijkend en afwijzend gedrag helpt tegen verlegenheid doordat we ons blootstellen aan geringe verwijten en bereidt ons voor op zwaarwegender kwesties.'

'(...) onze beginselen versterken wij door er krachtig de hand aan te houden.'

'Wij moeten aan anderen niet de zwakheden toeschrijven waarmee wij zelf behept zijn.'

Plutarchus, *Moralia*

Voor Virginie, Soline en Marine

I

De openbaring van de salontafel

Ik weet niet hoe het is begonnen; het is gebeurd zonder dat ik het merkte.

Al een tijdje voel ik wel dat er iets niet klopt, maar ik weet niet wat het is, ik heb de woorden niet om het uit te drukken. Het is niet meer dan een onbenoembare indruk; een onbestemd gevoel van onbehagen. Het is heel vaag.

Ik kijk om me heen en vraag me af wat ik hier doe.

Ik weet natuurlijk wel dat ik in een winkel ben, ik ben niet gek – zó gek in elk geval niet. Ik weet ook wel dat ik hier ben omdat Béatrice me mee wilde hebben – 'Ik moet horen wat jij ervan vindt, Benjamin!' Ik weet zelfs dat er een salontafel gekocht moet worden.

Toch vraag ik me af wat ik hier doe, algemeen gesproken dan.

Ik heb niet tegengestribbeld, ik ben vrijwillig

meegekomen, maar gemotiveerd ben ik niet. Ik heb weinig ideeën omtrent salontafels. Maar omdat Béatrice wil horen wat ik ervan vind, zal ik toch aan de ene de voorkeur moeten geven boven een andere...

Midden in de winkel voel ik opeens mijn moed zakken: er staan er zo veel. Overal om me heen salontafels; een zee van laagpotige koffietafels, met mij daartussen als een stuurloos schip, verdwaald, gedesoriënteerd.

Gelukkig komt de verkoper op ons af. Of komt hij op Béatrice af? Dat ligt meer voor de hand.

Ik kijk naar de salontafel vóór me, ik probeer me ervoor te interesseren. De verkoper denkt onmiddellijk dat ik er wat in zie.

'Ziet er goed uit, nietwaar?'

Ik geef hem geen ongelijk.

'Dit model is fraai van lijn, mooi gestileerd, nietwaar? Maar het hout... Het hout, dat is het toch niet...'

'Is het geen hout?'

'Jawel, jawel. Maar er is hout en hout. Je zou toch zweren dat het massief hout is, nietwaar?'

Ik zou niets gezworen hebben, eerlijk gezegd, maar ik knik, zoals van me verwacht wordt.

'Maar nee, meneer, het spijt me. Tegen de klanten dienen we eerlijk te zijn over de kwaliteit: dit hout is niets dan schone schijn. Geen dikte. Alleen hout aan de buitenkant. Het is wel mooi aangekleed, maar het is geen massief hout...'

Ik weet niet wat er gebeurt... Plotseling is er in het gekwek van de verkoper iets dat me interesseert. Het is alsof hij met zijn verhaal over massief hout op de goede knop drukt; alsof het bij mij een reactie op gang brengt.

Het maakt me nieuwsgierig. Hier moet ik meer van weten.

'Bedoelt u: vanbinnen is het hol?'

'Precies: vanbuiten gezien lijkt het dikte te hebben, maar vanbinnen is het hol, nietwaar?'

Nietwaar...? Wat is niet waar?

Een raar gevoel, ineens: dat 'niet waar' heeft betrekking op mij, op mij persoonlijk.

Het duizelt me. Ik begrijp het ineens allemaal; alle vaagheid is weg. De verkoper heeft het over mij. Zonder het te weten geeft hij een beschrijving van mij. Het voelt als een openbaring.

Niet waar?

Zeker, natuurlijk: dat is het helemaal. Zo ben ik, net als die tafel. Die tafel en ik zijn uit hetzelfde hout gesneden. Voor mij is die verkoper een ziener, en instinctief demp ik mijn stem, als om hem iets vertrouwelijks mee te delen.

Wat ik zeg, is ook heel vertrouwelijk: 'De schijn bedriegt, uiterlijk ziet het er aardig uit, wekt het een illusie, maar vanbinnen... vanbinnen is het leeg.'

Leeg... Als ik dat zeg, realiseer ik me dat daarmee alles is gezegd.

Ik voel me zo leeg... Niets dan een lege huls, alleen maar buitenkant, maar diep daaronder, achter dat decor is er niets. Is er niets meer. Ik moet mezelf ergens zijn kwijtgeraakt, zonder dat ik het gemerkt heb.

Ik ben geschokt. Die openbaring doet me duizelen en brengt mijn geest in de war. Ik denk dat een chirurg, als hij me opensneed, verdwaasd zou staan te kijken: niets te opereren, geen ingewanden, geen hart, geen longen...

Dan kom ik weer tot mezelf. Die chrirug zou alles vinden wat er hoort te zijn, op de plaats waar het hoort. Ik ben wel leeg, maar op een andere manier. Mijn lichaam is oké, maar er zit niemand in. Ik ben niemand meer. Maar dat zie je niet, net als bij die tafel.

Klop klop klop! Iemand thuis? Is er daarbinnen iemand?

Niemand...

'Benjamin? Droom je?'

Dan dringt het tot me door: Béatrice staat me aan te kijken, met een toegeeflijke blik. Ze ziet er nooit kwaadaardig uit als er mensen bij zijn.

'Ik was in gedachten... Wat zei je?'

'Niets! Ik zei niets, ik wachtte tot je weer bij ons was!'

Ze glimlacht. Tegen de verkoper waarschijnlijk. Béatrice wordt graag aardig gevonden. Veel mensen vinden haar ook aardig, trouwens.

'Wel...' zegt de verkoper, 'bent u geïnteresseerd in deze tafel?'

Béatrice trekt een gezicht – gezichten trekken doet ze heel goed.

'Nee,' zegt ze. 'Helemaal niet. Hij is niet erg smaakvol.'

En ze loopt verder, naar andere tafels, die vast smaakvoller zijn. Jammer. Ik had wel graag een tafel gehad die mijn evenbeeld was. Dan had ik thuis iets gehad naar mijn smaak...

Béatrice neemt de touwtjes in handen, stelt vragen, roept mij erbij: 'Wat vind jij ervan, Benjamin?'

Ik vind er niets van. Ik kijk naar al die massief houten tafels en verlang terug naar de mijne.

'Deze? Vind je die niet mooi?'

'Jawel...'

'Mooi, want ík, zie je, ik val ervoor.'

Ook de verkoper valt ervoor. Hij glimlacht Béatrice gelukzalig toe. Ik vraag me af of hij niet ook een beetje hol is.

Zijn er veel zoals wij, hol vanbinnen?

'Fantastisch, vindt u niet?'

Ditmaal heeft de verkoper het over Béatrice, al weet hij het zelf niet. En zij is het met hem eens: 'Ja, geweldig, grote klasse.'

Moraal van dit verhaal: wilt u iets over uzelf te weten komen, ga dan naar een meubelwinkel. Daar zult u een hoop wijzer worden.

'Benjamin, ik zou graag samen met je beslissen. Ik heb er genoeg van altijd alles alleen te beslissen.'

Dat zegt ze telkens, maar als ik niet hetzelfde beslis als zij, dan komt er een hoop gedoe van. Ik hou niet van gedoe. Ik hou ook niet van geschreeuw.

De ene tafel of de andere, wat maakt het uit? Vechten kun je beter over dingen die de moeite waard zijn. Wat is de moeite waard?

Terwijl we afrekenen en de salontafel in de auto laden (het is het showmodel, het laatste exemplaar, op een haar na was hij ons ontgaan, wat een geluk toch, hè?), terwijl ik werktuiglijk bezig ben, vraag ik me af of er in mijn leven ook maar íets de moeite waard is om ervoor te vechten.

Dat is er inderdaad, en het is geen iets.

Marianne...

Marianne is de moeite waard. Als ik aan haar denk, weet ik dat zij de moeite waard is: Marianne verdient het een massieve vader te hebben in plaats van deze vader, die zo hol is.

'Waar denk je aan, Benjamin?'

'Nergens aan...'

'Nergens aan? Zeg dan eens waarom je zo'n begrafenisgezicht trekt!'

O? Dat hoor ik voor het eerst. Ik werp een blik in de opmaakspiegel (zo noemt Béatrice dat spiegeltje achterop de zonneklep). Ik zou eerder vinden dat ik eruitzie als een levend lijk. Ik zie er slecht uit, ik heb holle ogen. Ik ben hol en leeg.

'Welnee, ik was wat in gedachten, meer niet.'

'Alweer! Blijf er toch alsjeblieft met je hoofd bij. Benjamin, het gaat mis met je. Krijg toch wat grip op jezelf!'

Ik pak mijn linkerhand vast met mijn rechter.

'Alsjeblieft!'

'Dat is niet leuk. Je maakt wel grappen, Benjamin, maar je gaat het gesprek uit de weg.'

'Ik luister.'

'We moeten echt met elkaar praten. Thuis komen we erop terug. Kun je de garage voor me opendoen?'

Ik had niet gemerkt dat we er al waren. Sinds een tijdje is zij het die rijdt, omdat zij veel beter rijdt dan ik, omdat zij handiger is met parkeren, omdat zij altijd een geschikte parkeerplaats vindt en omdat je bij mij nog een ongeluk zult krijgen, omdat je je afvraagt bij wie ik rijles heb gehad, omdat...

Soms denk ik dat ik af en toe zou moeten rijden, om het niet te verleren. Maar vechten om wie het stuur mag nemen, daar beginnen we niet aan, dat is de moeite niet waard...

Alleen Marianne is de moeite waard.

Omdat ik als een stoethaspel bezig ben, stoot ik op een haar na met de tafel tegen de trapleuning.

'Pas toch op, Benjamin!'

Ten slotte zet Benjamin de tafel op het kleed in de woonkamer neer zonder iets te breken – een prestatie, onhandig als hij is.

'Andersom natuurlijk!'

'Ja? Vind je?'

'Dat spreekt toch vanzelf!'

'Oké… als jij dat wilt.'

'Benjamin, daar heb ik zo'n hekel aan!'

'Waaraan?'

'Wat je net zegt! Je praat tegen me alsof ik in een gril handel en jij me mijn zin maar geeft. Als je het niet met me eens bent, zeg dat dan gewoon. Doe niet zo achterbaks.'

'Nou ja… Ik stelde me de tafel meer in de lengte voor, parallel aan de muur, minder… minder in het oog lopend.'

'Wil je niet dat hij in het oog loopt? Schaam je je ervoor? Ik wijs je erop dat jij hem samen met mij hebt uitgekozen. Als we hem dan uit het oog moeten houden, dan was dat ook de moeite niet waard!'

De moeite niet waard, nee, de moeite niet waard om je druk over te maken.

'Ach, weet je, mij maakt het niet uit. Ik vind het allebei prima…'

'Nou, als jij zegt dat het je niet uitmaakt, laat mij dan kiezen, want mij maakt het wél uit. En dit is mijn huis, net zo goed als het jouwe.'

Zo niet méér.

Plotseling voel ik opnieuw een soort duizeling, heel zacht, heel rustig. Ik realiseer me: ik woon in bij Béatrice. Twee openbaringen voor de prijs van één; die nieuwe salontafel hadden we eerder moeten kopen. Wat je niet allemaal over jezelf te weten komt als je nieuwe meubels aanschaft. Iets om je vrienden aan te raden – als je vrienden hebt.

'Benjamin, zou je, in plaats van daar aan de grond genageld te staan, geen pizza willen gaan halen? Want koken, weet je, daar moet ik werkelijk niet aan denken! Ondertussen ga ik Marianne ophalen bij de buren. Je hebt gelijk, het zijn vriendelijke mensen, maar ze hebben hun beperkingen. Geen enkele conversatie.'

Ik had het liever andersom gehad, dat ik Marianne ging halen in plaats van die pizza. Al de derde pizza, deze week; dat mannetje daar zegt niet eens meer tot ziens, maar: 'Tot de volgende keer!'

2

De voorspellingen van het plafond

Op de terugweg kom ik, met de pizza in mijn hand, een klant tegen die zijn hond uitlaat. Natuurlijk spreekt die me aan en natuurlijk antwoord ik hem. Hij vraagt me wat ik van homeopathie vind. Ik denk dat de homeopathie mij persoonlijk schaden zal als ik nu, in deze situatie, de discussie aanga. Ik zeg dat het wat te veel tijd zou kosten om dat nu te bespreken, dat hij beter in de apotheek langs kan komen. En ik verontschuldig me: mijn pizza wordt koud en mijn dochtertje heeft honger. Dat begrijpt hij heel goed: 'Ja, als kinderen honger hebben moet je ze niet laten wachten, anders eten ze helemaal niet meer. Snel naar huis dus maar!'

Ik ga snel naar huis.

'Benjamin, dat heeft lang geduurd! Ik begon me al af te vragen of je nog wel terug zou komen.'

Ik sta op het punt te antwoorden: 'Leid me niet

in verzoeking!' maar net op tijd word ik onderbroken.

'Papa!'

Daar staat ze, met een glimlach als een zonnetje, met een snoetje als het complete voorjaar. Ik neem haar in mijn armen.

'Heb je lekker gespeeld bij Sophie?'

Ze vertelt erover. De spelletjes, de ruzietjes, de verzoening, de middagthee, het poesje dat wel krabt maar zo dat het geen pijn doet omdat het een poezenbaby'tje is... Dat is misschien niet heel erg interessant, maar mij interesseert het. Ze is zo levendig, zo helemaal zichzelf, met wat ze vertelt. Zelf zou ik eerder op afstand staan van wat ik vertel, alsof het me niet echt aangaat. Alsof ik mijn leven als toeschouwer waarneem.

'En jij, papa? Was het leuk in die winkel?'

'Ja hoor, leuk, heel leuk...'

Ze geeft me een zoen op mijn wang. Een natte klapzoen.

Plotseling weet ik het zeker: voor haar ben ik iemand. Zij weet van niets... of nóg van niets?

Ik denk: Wie zie je, lieve schat, als je me ziet? Vertel me wie ik ben. Maar ik zeg: 'Ik heb aan je gedacht, daarnet, Marianne. Ik vroeg: Alleen groene olijven, geen zwarte!'

'Heb je olijven gekocht?'

'Nee, ik heb een pizza gekocht voor vanavond.'

'Alweer!'

Dat, liefje, had je beter niet kunnen zeggen. Hoor

je moeder maar: 'Marianne, ik heb wel wat anders te doen dan potjes voor jullie te koken. Ik kook, óf ik werk. Als je de verhalen die ik schrijf niet mooi vindt... Als je liever hebt dat ik mijn tijd in de keuken slijt... Veel kleine meisjes zouden wat graag willen dat hun moeder kinderboeken schreef. Hou je niet van de verhalen die ik bedenk, Marianne?'

'Jawel... Maar ik heb een beetje genoeg van die pizza.'

'Behalve dat deze,' zeg ik in haar oor, 'dat deze heel wat lekkerder is: ik heb de Super de Luxe besteld. Je zult hem heerlijk vinden, mijn schatje.'

'Benjamin, alsjeblieft!'

Stomverbaasd kijk ik Béatrice aan. Wat heb ik nu weer gedaan?

'Noem Marianne niet zo. Dat is incestueus.'

Gelukkig is Marianne ondertussen uit mijn armen omlaag geklommen, anders had ik haar, denk ik, laten vallen.

'Wat?'

'Ik weet wel dat je je dat niet realiseert, Benjamin, maar een vader moet zijn dochter niet "mijn schat" noemen. Dat zeg je tegen een vrouw, niet tegen een kind.'

'Ik zei niet: "mijn schat", ik zei: "mijn schatje".'

'O ja? Zij hoort je zeggen dat ze je schat is, schatje of niet. Elke psycholoog zal je vertellen dat dat ongezond is. Dat zet haar niet op haar plaats als je dochter. Ook al wil je haar geen andere plaats geven, dan nog kan ze zich verbeelden dat ze voor jou de plaats van een vrouw inneemt. Ze zit midden in haar oedipale periode. Dit is niet het moment om haar in de war te brengen.'

'Mag ik wel van haar houden?'

'Benjamin, jij maakt alles zo ingewikkeld! Zo gauw ik ook maar de minste opmerking maak, voel je je aangevallen. Als je getrouwd bent moet je met elkaar praten, dat is van het grootste belang! Trouwens... Na het eten, als de kleine naar bed is, moeten we het voeren, dat gesprekje. Ik sta op springen wat dat betreft, als je dat maar weet! Ik móet communiceren. Marianne, aan tafel!'

Plotseling heb ik slaap, ik voel behoefte om naar bed te gaan, zonder eten. Zonder pizza, zonder woorden. Alleen een lichaam te zijn dat slaapt.

Omdat ik beweerd heb dat de pizza, een Super de Luxe, verrukkelijk is – mmmh! Vind je niet, Marianne? – moet ik er natuurlijk wel wat van eten.

Béatrice ondervraagt Marianne over het laatste verhaal dat ze heeft geschreven. Voor ze haar teksten aan de uitgever voorlegt, probeert ze ze uit op Marianne. Een goed idee, want mijn kleine schat legt altijd de vinger op de passages die een kind anders begrijpt dan een volwassene. Mijn kleine schat...

Ze kunnen heel goed samen opschieten als ze het over de teksten hebben die Marianne uitprobeert. Béatrice luistert heel aandachtig naar Marianne, valt haar niet in de rede, is geïnteresseerd in alles wat ze op te merken heeft... Dat is rustgevend. Ik luister graag naar hen, hun stemmen vormen samen een soort muziek, het klinkt lieflijk.

Plotseling... Het is een grote dag, de dag van al die openbaringen. Plotseling begrijp ik alles. Het is onmiskenbaar, het is helder als glas: Béatrice is aan het werk.

Wie deze scène meebeleeft, meent een moeder en dochter voor zich te zien, die lief, geanimeerd en vrolijk met elkaar praten. Toch... je zou de toeschouwer moeten waarschuwen dat er hier iets heel anders aan de hand is. Béatrice werkt; ze werkt haar tekst bij, overweegt veranderingen... Deze vrouw zit niet gezellig te eten, ze corrigeert haar schrijfsel. Marianne is, zonder het te weten, haar assistente. Kijk aan, eigen schuld, daar heb ik een van mijn zeldzame ontspanningsmomenten bedorven.

Omdat ik niet aan het gesprek deelneem – Béatrice heeft het oordeel van een kind nodig, niet het mijne – vraag ik me dingen af.

Sinds wanneer? Sinds wanneer ben ik zo leeg? Misschien nog niet helemaal leeg, er is tenslotte Marianne... Bijna leeg. Hoe ben ik zo leeg geworden? Hoe kan het dat ik er niets van gemerkt heb?

'Doe je nog iets, Benjamin, of laat je je bedienen?'

Net als daarnet in de auto heb ik niet gemerkt dat we er al waren... nou ja, dat we klaar waren met eten. Aan tafel heb ik al evenmin het stuur in handen. Wanneer stuur ik ooit?

Als de tafel is afgeruimd, als Marianne gedoucht is en klaar om ingestopt te worden, komt het avondritueel: het verhaaltje. Een verhaal van mama dat wordt voorgelezen door mama. Ik lees de verhaaltjes heel slecht voor, ik wil op toon lezen en ik vergeet de intentie (de intentie van de auteur, als ik het goed begrijp) terwijl het nu juist om de intentie gaat: 'Kom nou, Benjamin!' (lacht) 'Het is geen recept!' Omdat ik slecht voorlees, lees ik helemaal niet voor, behalve op de avonden dat mama er niet is.

Vanavond leest Béatrice voor uit *Poep en plas*. Dat verhaal, dat kent Marianne uit het hoofd. Persoonlijk word ik er misselijk van. *Poep en plas...* Ik hou niet erg van dat boek. Te veel poep en te veel plas. Maar kinderen vinden het leuk en ik ben het gevoel voor de wereld van het kind kwijtgeraakt, naar het schijnt. Wat ik nog wel heb, dat is gevoel voor het doktersrecept. Maar dat is minder verheven.

Béatrice leest dus, maar ik mag op het bed komen zitten – dat is mijn plaats. En luisteren – dat is mijn rol.

Ik luister niet. Ik denk aan de rest van de avond. Een verschrikkelijke gedachte komt bij me op terwijl ik dat handje in mijn grote hand klem: zou je niet een beetje ziek willen worden, lief schatje...? Een klein beetje maar, zodat er nog maar één ding te doen zou zijn vanavond, dat al het andere verjaagt: voor jou te zorgen. Bij ziekte zit ík aan het stuur.

Nee, word maar niet ziek, lief schatje, dan zou het zijn alsof mijn kwade gedachten je hadden aangestoken. Nee, slaap als een roos, lief vogeltje, je vader zal zich wel redden. Je vader... Die holle vader van je. En hoe maak je een holle vader vol? Met pizza. Met poep-en-plasverhalen. Met salontafels. Soms, zo gaat dat bij mij, soms denk ik zomaar iets. Om de leegte te vullen, misschien.

Ik bekijk het plafond, de schaduwen op het plafond. Dat is mijn persoonlijke rorschachtest. Of liever mijn koffiedik, mijn kristallen bol. Daarin zie ik de komende avond zich aftekenen. Alles staat te lezen op het plafond.

Daar, die langgerekte schaduw als een uitgetrokken kauwgummetje, dat is uitgekauwd, opgebruikt, compleet zonder smaak, die schaduw, dat is het gesprek tussen ons tweeën, in de huiskamer. Achter de salontafel. 'Benjamin, het is niet goed met je.' 'Jawel, jawel, heus wel.' 'Weet je, tussen Odile en Aurélien was het op het eind verschrikkelijk: Aurélien deelde niets meer met haar; daarom is Odile weggegaan; dat is verschrikkelijk voor Aurélien: zijn kinderen waren alles voor hem; natuurlijk heeft zij de voogdij gekregen, Odile weet wat ze wil; nu zit hij te somberen, die Aurélien, hij heeft nergens meer zin in; om het andere weekend, dat is niet veel, maar het is de wet; had hij op tijd grip op zichzelf gekregen, dan was het te vermijden geweest; ze had hem gewaarschuwd, maar dat heeft hij niet begrepen, of hij heeft de moed niet opgebracht te veranderen; luister je wel, Benjamin?' 'Ja ja, ik luister... Wat wil je dat ik doe?' 'Ik wil dat je in actie komt, Benjamin! Je wilt toch niet je hele leven in loondienst blijven? Investeer! Koop een apotheek! Zelfs je vader zegt het; dan ben je je eigen baas, dan ben je niet langer de voetveeg van dat vette varken: Benjamin, doe dit, Benjamin, doe dat, en jij zegt maar niks, jij laat je ringeloren, ik begrijp niet dat je dat verdraagt... ík zou me nooit laten commanderen door dat vette varken.' 'Ik denk erover na, Béatrice, maar ik ben er nog niet klaar voor; als Marianne groter is, kan ik het me makkelijker voorstellen, ik wil niet thuiskomen als zij al in bed ligt, ik wil niet mijn zondagen slijten tussen de paperassen, ik wil tijd hebben die ik met haar kan doorbrengen.' 'Jij bent bang voor verantwoordelijkheid, Benjamin; in plaats van je eigen baas te zijn wil je liever medicijnenverkoper blijven.' 'Ik heb plezier in wat ik doe en ik zou niet weten waarom ik me ervoor zou moeten schamen verkoper te zijn, jouw verhaaltjes over *Poep en plas*, die verkoop jij toch ook, en ben je daarom een verkoopster?' 'Zeg dan maar gelijk dat ik rotzooi schrijf!' 'Dat heb ik niet gezegd.' 'Dat suggereer je wel; als jij minachting hebt voor mijn werk, kom daar dan tenminste voor uit!'

En zo maar door. Tenminste een uur lang, de schaduw op het plafond is langgerekt genoeg om me een vol uur van uitzichtloze discussie te voorspellen.

Uitzichtloos en telkens weer herhaald... die discussie hebben we zeker al wel twintig keer gevoerd. Ik wil geen apotheek kopen, ik wil leven met Marianne vlak bij me. Alsof dat niet samen kan gaan...

Goed, ik stap over naar de andere vlek op het plafond – die schaduw als een olievlek. Die heeft een gedrongen, samengebalde vorm, iets als een berg van iets. Dat zijn zij en ik, in bed.

Omdat we ruzie gemaakt hebben, moeten we ons verzoenen.'We moeten intiem zijn, Benjamin, dat is het geheim van stellen die bij elkaar blijven; intimiteit, dat is lichamelijkheid, waar of niet?' Ik geef haar gelijk. Heel bescheiden. Ik heb slaap en ik heb hoofdpijn van al dat gepraat. En vagelijk zin om te huilen, zoals telkens weer. Maar ik huil niet natuurlijk, ik ben toch een man! Dan wil ze vrijen. 'Ons seksuele leven moet bloeien, Benjamin, in het geluk van een echtpaar is het lijfelijke essentieel, toch?'

Dan vraagt ze me haar híer aan te raken, en dáár, maar niet zó! Benjamin, let toch op! Zó, ja zó. En dan ineens is ze zo ver. 'Nú, Benjamin, kom nu!' En Benjamin komt. Ze zegt: 'Harder! Nog eens! Harder, harder, laat me het voelen! Nog harder!' Dat zegt ze dan heel hard en ik vraag me af of Marianne slaapt. Dan komt er een stroom van obsceniteiten, die de prettige (prettige?) bijwerking hebben dat ze haar opwinden. 'Ieder zijn fantasieën, Benjamin, zo werkt dat, de seksualiteit.' En ze wil dat ik meedoe, ze fluistert ze in mijn oor om me ze na te laten zeggen, maar dat doe ik dan niet. Ik krijg die woorden niet uit mijn mond, niet zó. Het lukt me niet, of ik ben niet genoeg gemotiveerd. Ik hou niet van het woord kut, ik hou niet van het woord poesje, ik hou ook niet van die andere woorden. Maar omdat ze ze zelf zegt, werkt het toch, dat is dan genoeg.

Dan... Dan: 'Verpletter me, Benjamin, vooruit, steek me lek, doorboor me, blaas me op, neuk me, doe het, doe het...'

Dan... Dan voel ik wat genot en dat verrast me, (een beetje ... wat meer, wat minder...) als ze eenmaal geschreeuwd heeft: 'Jaaaaa...' Dat is dan misschien het genoegen haar 'ja' te horen zeggen, een woord dat ze heel spaarzaam gebruikt. Behalve in bed.

Dan... Dan is het voorbij. Nou ja, niet helemaal. Dan komt het commentaar, wat er goed ging, wat ermee door kon, wat beter zou kunnen, waar ik volledig verstek heb laten gaan. Uit egoïsme. 'Wat ben je toch preuts, arme Benjamin, zou je je tong bezeren als je vieze woorden tegen me zei?' Dat denk ik wel. Ik zou er blaren van op mijn tong krijgen, maar ik hou mijn mond. En als ik aan de beurt ben voor een samenvatting, zal ik zeggen dat het fijn was, punt. En dan krijg ik het oude refrein te horen: 'Als je een stel bent, moet de seksualiteit bespreekbaar zijn, Benjamin, je bent veel te gesloten. Je uit je niet, je zegt niet wat je prettig vindt.'

Wat ik prettig vind... Wat ik zou willen, dat is

tederheid, de tijd nemen, overgave... dingen voor mensen die klem zitten.

'Uit je dan eindelijk eens, Benjamin!'

'Ja, nou, wat ik prettig zou vinden, dat is wat tederheid...'

'O ja? Nou, voor mij moet het stevig toegaan, anders voel ik niets. Er moet energie aan te pas komen, het moet lichamelijk zijn, ik moet overvallen worden.'

Zoals altijd zeg ik dan tegen mezelf dat we niet de liefde bedreven, maar aan sport gedaan hebben. Wanneer zullen we ooit eens aan de liefde toekomen?

De schaduw op het plafond geeft me zijn conclusie: ook in bed zit ik niet aan het stuur. Dat wil ik ook niet, ik wil alleen maar dat we het stuur aan elkaar overgeven.

'Benjamin? Zie je iets moois daar op het plafond?'

Ik begrijp dat we zover zijn en ik laat de schaduwen die daarboven dansen voor wat ze zijn. Nee, ik zie niets moois daar op het plafond.

'Welterusten, mijn schatje, slaap lekker.'

Béatrice zucht: 'Doe je dat expres, Benjamin? Ze heet Marianne, je kunt haar bij haar voornaam noemen, zo moeilijk is dat toch niet? Welterusten, kikkertje, slaap zacht!'

'Truste...' antwoordt het kikkertje slaperig.

Ik kijk naar haar, vang gretig dit vluchtige geluk op: Marianne legt haar handen op elkaar, legt ze op haar wang, draait haar hoofd erop, als op een kussen en sluit haar ogen. Ze weet niet, ze zal nooit weten, hoe schattig ze is, hoe aanbiddelijk, als ze dat gebaar maakt, van een volmaakte liefheid, van een ontroerende zuiverheid. Van een aanbiddelijkheid die pijn doet. Misschien koop ik ooit nog een apotheek om dat gebaar te kunnen blijven zien. Wat is de moeite waard? Dat gebaar is alle moeite waard.

Mijn blik kruist die van Béatrice, ook zij is vertederd. Soms zijn er momenten van gezamenlijkheid tussen ons...

We gaan onmiddellijk de kamer uit, op onze tenen. We weten het allebei: zodra Marianne zich heeft 'geïnstalleerd', haar slaaphouding heeft aangenomen, zodra ze klaar is voor de nacht, komt de slaaptrein dadelijk langs; hij staat al te wachten op het station...

Ik weet ook wat mij te wachten staat, ik zie het zonder vreugde tegemoet: een zitting van communicatie, uitwisseling, dialoog... wat stellen bij elkaar houdt.

Ik ga naar de wc, een kort respijt vóór de communicatie en alles wat daarna komt, wat het plafond me heeft voorspeld. Het gaat trouwens niet alleen om respijt, het is ook een nuttige voorzorgsmaatregel, want mocht ik tijdens de dialoogzitting een onderbreking nodig hebben, dan zou ik er onmiddellijk van verdacht worden de discussie te willen ontvluchten. En als ik het ophoud, om een laffe vlucht te vermijden, dan denk ik alleen nog maar aan het bevredigen van die behoefte, dan heb ik mijn hoofd niet meer bij het gesprek en zeg ik maar wat me voor de mond komt. Ik zou niet graag beloven dat ik een apotheek ga kopen, alleen omdat ik op dat moment nodig moet plassen.

Als ik mijn voorzorgen genomen heb, voeg ik me bij Béatrice, in de woonkamer. Ze heeft een schrijfblok gepakt, en haar lievelingsvulpen. Jeetje! Moet ik straks mijn verklaringen ondertekenen? Ik prijs me gelukkig dat ik naar de wc geweest ben.

'Luister, Benjamin, ik heb vanavond geen tijd om met je te spreken, ik móét alles noteren wat Marianne me daarnet over *Het getemde kikkertje* gezegd heeft. Het is nog vers, ik heb alles in mijn hoofd, als ik ermee wacht ben ik straks de helft weer kwijt. Ik heb ideeën om het eind te verbeteren, die wil ik vasthouden, begrijp je?'

Ik knik.

'Neem je me dat niet kwalijk, Benjamin?'

Helemaal niet! Ik schud mijn hoofd.

'Dank je, Ben, dat is lief van je. Jij vindt het altijd goed als ik wil werken, wanneer ook en weet je, dat waardeer ik zeer.'

'Dat is toch normaal,' zeg ik. 'Werk maar lekker, ik ga wat lezen in de slaapkamer...'

'Wacht, Benjamin, ik moet je nog wat zeggen...'

Ik voel ongerustheid. Moet er ook nog een nieuwe bank komen? Heeft die arme Aurélien zelfmoord gepleegd omdat hij zijn kinderen zo mist? Heeft ze hier in de buurt een apotheek gevonden die te koop staat?

'Ik heb de Schaapjes uitgenodigd.'

'O, wanneer?'

'Morgen. Ze hadden geen andere datum vrij, ze zijn erg bezet.'

De Schaapjes... Ik weet niet of Béatrice ze aardig vindt, of dat ze het een goed idee vindt om omgang met hen te hebben. Mevrouw Schaap, die van haar voornaam Fifi heet, is in de verte min of meer familie van grote namen in de boekenwereld. Ze is aardig, een sympathieke dame uit de hogere burgerij, zonder aanstellerij. Meneer Schaap, ik vergeet altijd zijn voornaam, is een onverstoorbare zakenman van wie ik niet zou weten wat ik van hem moest denken – zoals ik ook niet erg gemotiveerd ben om me een oordeel te vormen over meneer en mevrouw Schaap.

Die Schaapjes hebben zes kinderen, groot, klein en middelmaat. Béatrice verafschuwt het als ik grapjes maak over hun naam, maar ik kan de verleiding moeilijk weerstaan.

'De Schaapjes? Heb je de ouders uitgenodigd of de hele kudde?'

'Benjamin, alsjeblieft... Nee, de kinderen komen niet mee.'

'Laten ze die in de schaapskooi?'

'Benjamin, dat zijn scholierengrappen!'

'Ik ben jong gebleven. En... wat geven we de Schaapjes te eten? Lamsbout?'

'Erg leuk, werkelijk. Ik heb eten besteld bij de Chinees. Kun jij voor de wijn zorgen?'

'Wijn? Denk je dat de Schaapjes wijn drinken?'

'Dat is niet erg leuk, Benjamin. Kun je je voorstellen wat hun kinderen elke dag op school moeten horen?'

'Arme Schaapjes...'

'Ik moet aan het werk, Benjamin...'

Ik doe alsof ik de kamer uitga, en bedenk me dan. Ik pak een papier van de tafel en geef haar dat.

'Béatrice?'

'Ja?'

'Teken eens een Schaap voor me...'

Ze glimlacht. Ze glimlacht nauwelijks, maar ze glimlacht toch.

Ik ben blij, we hebben heel goed gecommuniceerd.

3

De Schaapjes hoeden

Als de Schaapjes de kamer binnenkomen begrijp ik het: de salontafel moest worden ingewijd. Hij moest getoond worden. Fifi Schaap merkt hem onmiddellijk op; hoe kon het ook anders – zonder blinddoek...

'Wat een mooie tafel hebben jullie daar!'

Béatrice glimlacht, verrukt – of gerustgesteld? De Schaapjes staan bekend om hun goede smaak – en om hun vele geld.

'Het was liefde op het eerste gezicht!' legt Béatrice uit en kijkt me zegevierend aan.

(Ik denk dat die liefde op het eerste gezicht niet mij betrof, of het moet lang geleden zijn geweest, of ze is het vergeten.)

Ook de Schaapjes vinden de tafel mooi, halleluja.

Er wordt over meubels gepraat, ik hou mijn mond; dat is een onderwerp waar ik niets van weet. Ik ben er eigenlijk niet in geïnteresseerd; zo ben ik, als het niet om medicijnen gaat...

Béatrice werpt me veelzeggende blikken toe: ik moet me in het gesprek mengen – knikken, dat overtuigt niet. Ik verander het onderwerp, vraag hoe de kinderen het maken. De kleine Schaapjes maken het goed, dank u.

Marianne komt de gasten welterusten zeggen, daarna ga ik haar in bed stoppen, met genoegen en opgelucht: ik was even bang dat Béatrice dat zelf had willen doen – ik weet niet of het me gelukt was met de Schaapjes te converseren.

Als enige samen met Marianne, dat voelt als een speelkwartier... ik zou wel graag in de verlenging gespeeld hebben, een liedje voor haar hebben gezongen, maar Marianne is al onderweg, haar handjes braaf samengevouwen, haar hoofdje er bovenop, oogjes dicht; de trein vertrekt al en ik heb daar niets meer te zoeken. Ik sta in m'n eentje op het perron; ik vertrek maar weer.

Aan tafel ontkurk ik de flessen, schenk de wijn, geef de schalen door... en ik probeer wat te luisteren. Ik voel me een vreemdeling. Alsof ik niet dezelfde taal spreek, alsof ik van de taal van de anderen alleen maar de allereerste beginselen ken. Net genoeg om te overleven.

Ik voel me geïsoleerd. Een onzichtbare grens scheidt me van de anderen.

Als je kind bent, gebeurt dat dikwijls, je vraagt je af wat je daar moet, tussen mensen die je maar half begrijpt, en je denkt dat het, als je groter bent, anders zal zijn. Maar als je al heel lang groot bent en je nog altijd niet weet wat je daar doet, dan ligt het heel anders: ditmaal is er geen hoop, alsof je ertoe veroordeeld bent je altijd geïsoleerd te voelen.

Hoe pak je het aan belang te stellen in wat je niet interesseert? Ik probeer, motiveer mezelf, verman me... maar Benjamin! Ik pas de methode toe van Emile Coué, ook een apotheker, een collega kortom: ik hou mezelf voor dat alles goed gaat, dat alles almaar beter wordt en het lukt me een beetje interesse te tonen.

Het gaat over geld, dat je niet al te veel waarde moet toekennen aan geld of aan het materiële. Ik stem ermee in, dat kost niets. Mevrouw Schaap klaagt over de obsessie met geld die heerst in de wereld van de industrie, onder ondernemers en zakenlui. Ik verbaas me: is dat niet het beroepsmilieu van haar echtgenoot? Ja ja, zeker, ze weet waarover ze het heeft: geld, altijd maar geld, rentabiliseren, besparen, investeren, expanderen... Meneer Schaap houdt zich, als enige, aan een ethisch uitgangspunt, hij schat de menselijke waarden veel hoger dan het geld – een brave jongen, die Schaap.

'Benjamin, dat moet jij toch zeker ook voor ogen hebben in je beroep?'

'Wel...' zeg ik.

En terwijl ik me naar mevrouw Schaap omdraai om haar te antwoorden, zie ik plotseling nog maar één ding: al die krulletjes op haar hoofd. Ze is gekruld als een... Dat verwart me. Ik vervolg: 'Wel...

wat mij betreft, ik ben in loondienst, ik ben er niet op uit te investeren of winst te maken. Maar een zakenman die er niet op uit is zich te verrijken, die blijft niet heel lang zakenman... volgens mij.'

'Helaas...' verzucht mevrouw Schaap.

Dan zegt ze plotseling, met een glimlach: 'Dus, Benjamin, wanneer is het zover?'

'Zover? Wat bedoel je?'

'Doe niet zo onnozel! Jij denkt er toch ook over om... te investeren.'

'Investeren op de beurs? Daar weet ik niets van.'

'Nee, dat plan om een apotheek te kopen, je zult er wel naar uitzien dat het zover komt.'

Zij dus ook al? Waarom wil iedereen dat ik een apotheek koop? Ik had onderwijzer moeten worden zoals mijn vader had gewild, dan zouden ze me nooit gevraagd hebben een school te kopen.

'Ach... Ik weet niet of ik daar wel helemaal klaar voor ben.'

Béatrice neemt het stokje onmiddellijk over: ze praat over de markt bestuderen, vergelijkingen trekken, de financiering verfijnen... Als je haar erover hoort, is er niet de minste twijfel aan, ik zal niet eeuwig in loondienst blijven, ik heb heel andere ambities dan zo'n betrekking van volkomen oninteressante sleur.

Nu begrijp ik het. Ik ben maar een ordinaire medicijnenverkoper. Dat stelt niets voor, apotheker; dat is niet chic; daar wordt ze niet... Iemand van standing kan geen apotheker zijn... behalve als hij zijn eigen winkel heeft. Pardon, zijn eigen apotheek.

Béatrice is kunstenaar, ik ben middenstander...
Zou ik me moeten schamen?

Ik heb voor apotheker gestudeerd omdat mijn vader
dat niet had gedaan. Mijn vader was apothekersassistent. Mijn hele kindertijd heb ik hem horen
vloeken over die stompzinnige apothekers die hetzelfde werk deden als hij en daar dubbel zoveel mee
verdienden – of driemaal zoveel, dat hing ervan af
hoe boos hij was.

Mijn hele kindertijd heb ik horen kwaadspreken
over apothekers – chefs, bazen, imbecielen kortom.
Daardoor kreeg ik er zin in.

Toen ik me aan de universiteit bij Farmacie liet
inschrijven, was mijn vader de apothekersassistent
daar niet op voorbereid – hij had gewild dat ik
onderwijzer of ziekenbroeder werd, ik kon kiezen.
Hij reageerde uit de hoogte: 'Jij slaagt nooit voor
dat toelatingsexamen, daar werk je niet hard genoeg voor.' Kijk kijk. Apothekers waren dus ineens
geen ambulante nietsnutten, geen luiwammessen
meer?

Ik was inderdaad niet zo'n harde werker, maar
daar zette ik me overheen. Ik wilde dat examen
halen, om mijn vader dwars te zitten. Dat lukte.
Hij stikte van woede toen het tot hem doordrong
dat zijn zoon hem had verraden, was overgelopen
naar de vijand en zo'n kloterige apotheker zou worden. Ik vraag me zelfs af of hij mij in mijn studietijd

niet vaag heeft doodgewenst, om nooit, nooit een gediplomeerde apotheker als zoon te krijgen.

Mijn moeder vond het een mooi beroep, omdat je er goed je brood mee verdiende zonder ooit moe te worden – mijn vader had haar overvoerd met praatjes over de legendarische, onbetwistbare luiheid van apothekers.

Toen ik mijn diploma had gehaald, ging mijn vader uit een ander vaatje tappen: hij begon zich er overal op te laten voorstaan dat hij een apotheker als zoon had. Dat werd echt gênant, hij stelde me overal voor als 'mijn zoon de apotheker', aan iedereen die hij kende, ook al was het maar vaag of uit de verte. Ik had liever gehad dat hij zei: 'Mijn zoon Benjamin,' met evenveel trots. Die gedachte is nooit bij hem opgekomen.

En jawel, nu is hij het met Béatrice eens: ik moet baas worden, terwijl hij die altijd heeft vervloekt. Hij zoekt voor me, doet navraag, stelt financieringsplannen op... en vindt me ondankbaar. Ik zou er blij mee moeten zijn, dank u vader, duizendmaal dank, voor wat u allemaal voor me gedaan hebt, het hele liedje... En dan is er ook nog het pijnlijke refrein dat me aanspoort om voort te maken.

Bij elke maaltijd in de familiekring wordt Béatrice's lof gezongen. Mijn moeder prijst haar de hemel in: Béatrice is zo elegant – alles staat haar, wat ze ook draagt – Béatrice schrijft zulke prachtige kinderboeken, Béatrice is zo geestig en intelligent... de heilige Béatrice, kortom. Alles bij elkaar krijg ik de vreemde, verwarrende indruk dat zij meer hun dochter is dan ik hun zoon. Dat is geen jaloezie, ik verlang er niet erg naar om op Béatrice te lijken; het is iets anders; een merkwaardig gevoel dat me van mijn stuk brengt.

Als ik als jongetje een slecht cijfer had gehaald, of ondeugend was geweest, kortom, als ik bang was dat ik mijn ouders teleurgesteld, maar dan heel diep, heel erg teleurgesteld had, dan vroeg ik mijn moeder of je kinderen kon inruilen. Of ouders hun tekortschietende kind konden terugsturen en er een ander voor in de plaats nemen. Het antwoord was altijd hetzelfde, maar ik had er toch behoefte aan het iedere keer opnieuw te horen: nee, een kind inruilen, dat gaat niet, ouders houden het kind dat ze hebben.

Welnu, dat was gelogen. Mijn ouders hebben plotseling een ander kind. Als ik nog klein was, zou ik me verstoten voelen. In plaats daarvan voel ik me slecht op m'n gemak, meer niet. Het kan z'n nut hebben op te groeien.

Als de lofzangen op Béatrice gezongen zijn, dikwijls vergezeld van vergelijkingen in mijn nadeel, word ik bevangen door onbehagen; tegen het jongetje dat ik was, zeg ik heel zacht: Luister maar niet hoor, het geeft niks, ze zeggen maar wat, laat ze maar. Laat ze maar...

Geweldige Béatrice, fantastische Béatrice, bewonderenswaardige Béatrice... mijn ouders komen woorden te kort om Béatrice's kwaliteiten te prijzen. Nog even en ze gaan in het woordenboek synoniemen opzoeken.

Maar onder alle lofprijzingen is de persoon, die hun het liefste is, steeds dezelfde: 'Béatrice heeft zoveel klasse,' is dat er een? De varianten zijn bescheiden: 'Wat een klasse heeft die Béatrice!'; 'Béatrice, een vrouw van klasse!' Ze zijn ongeveer verslaafd aan die uitdrukking.

Persoonlijk doet dat begrip klasse me aan niets vrolijks denken. Het doet me denken aan school; aan het onderscheid dat er tussen mensen wordt aangebracht, mensen van de eerste klasse, en daarnaast al die anderen die niet samen reizen met de eersten – pas op dat je de servetten niet vermengt met de poetslappen.

Béatrice en ik behoren tot soorten die gewoonlijk niet door elkaar gehaald worden: zij is een (handgeborduurd) servet, ik ben een poetslap. Zij heeft klasse, ik doe werkelijk niets om die ook te hebben.

Als mijn ouders Béatrice bewieroken, herinner ik me hoe weinig enthousiast ze waren toen ik hen heel in het begin over haar vertelde. Ik had heel terloops laten doorschemeren dat ze nog maar een paar jaar in Frankrijk woonde, dat ze haar kinderen puberjaren in Guadeloupe had doorgebracht.

Dat was de zuivere waarheid: Béatrice's vader had als jong ambtenaar, gedreven door een hang naar het exotische, overplaatsing aangevraagd naar overzee. Hij had een aanstelling gekregen in Basse-

38

Terre, was er met zijn gezin naartoe verhuisd... en er sindsdien in geslaagd daar te blijven.

Later wilde Béatrice, op haar beurt bevangen door een verlangen naar den vreemde dat weinig verschilde van haar vaders eerdere hang naar exotisme, studeren in het Franse moederland – deze keer lag het onbekende aan deze kant van de oceaan. Hoewel... bij Béatrice school in die behoefte aan vervreemding ook (vooral?) de wens ver van haar moeder weg te zijn.

Maar die hele geschiedenis heb ik niet aan mijn ouders uit de doeken gedaan toen het zo ver kwam dat ik met hen sprak over de jonge vrouw aan wie ik gehecht was geraakt. Hun aarzelingen waren beschaafd, welopgevoed, ik moest me nergens in storten: er waren tussen ons vast en zeker 'cultuurverschillen' en hoe 'charmant' ze ook was (daar twijfelden ze geen ogenblik aan, natuurlijk niet, hoe kom je daar nu bij?) het was toch maar beter niets te overhaasten. Ik herinner me het schalkse genoegen dat ik had om hen zo te horen praten. Toen ze me vroegen of je het erg aan haar zag, antwoordde ik: 'Nee, niet speciaal.'

Toen kwam het moment dat ik mijn 'Antilliaanse', zoals ze haar waren gaan noemen, aan hen voorstelde. Ze waren stomverbaasd. Ze was blank. Zelfs niet gebruind. Blank, werkelijk blank. Witter dan ik. En ze was nog knap ook (dat had ik hun wel gezegd, maar daar hadden ze, overtuigd als ze waren dat liefde blind maakt, geen acht op geslagen), ze was heel knap, heel elegant… ze had klasse.

Vanaf dat moment hebben ze me nooit meer gevraagd geen haast te maken. In tegendeel: ze was volmaakt, we voelden voor elkaar, waar wachtte ik nog op? 'Als jij treuzelt, jongen, dan glipt zo'n mooi meisje je door de vingers, aan liefhebbers geen gebrek, natuurlijk.' Als je hen moest geloven was het voor haar onaangenaam, om niet te zeggen een belediging, als ik haar niet binnen de kortste keren een ring aan de vinger schoof. Voor hen trouwens ook: ze waren op Béatrice gesteld geraakt, ze konden haast niet wachten tot ze deel van de familie zou zijn.

Ik geloof eigenlijk dat ik getrouwd ben om niemand tegen de haren in te strijken. Binnenkort zouden we samen het leven delen, met of zonder trouwring, wat maakte mij dat uit?

Béatrice zei me dat voor haar het huwelijk een publieke liefdesverklaring was; het was mooi zoals ze dat zei. Ze zei ook dat niet trouwen betekende dat je terugschrok voor de verantwoordelijkheid voor de liefde die we voor elkaar hadden en – geleidelijk aan, van het een kwam het ander – uiteindelijk kwam het erop neer dat ik helemaal niet van haar hield. 'Als je van me hield, zou je met me willen trouwen.' Dan raakten haar ogen als beslagen, ik voelde dat ik haar pijn deed als ik niet heel snel die ring aan haar sierlijke vinger stak. En hoe kun je, als je geen monster bent, weerstand bieden aan zulke mooie ogen?

Ik vroeg me soms af waar ik zoveel eer aan verdiend had. Er waren jongens op de markt die heel wat minder kleurloos waren, waarom dan toch ik? Sindsdien heb ik het begrepen... Beetje bij beetje is het tot me doorgedrongen, zonder dat ik er iets aan kon veranderen. De teerling was al geworpen. Het antwoord lag daar, opgesloten in de vraag: omdat ik kleurloos was. Er was geen kans dat ik haar in de schaduw zou stellen. Ik was niet alleen van vlees en bloed, ik was ook klei om te boetseren.

Ik liet me niet lang bidden om te trouwen. De schoondochter van mijn ouders is voor hen als een tweede kind geworden, zij het dat ze dit kind geko- zen hadden. Schoonheid vermag het bijna onmoge- lijke. Een mooi iemand lijkt onmiddellijk intelli- genter, vriendelijker, aardiger. Een mooi iemand verwerft gemakkelijk privileges – die ik eigenlijk liever afgeschaft zou zien.

Mijn moeder heeft me nooit onverhuld gezegd dat ik een vrouw als Béatrice niet verdiende, maar de kracht waarmee ze het gesuggereerd heeft, was misschien nog wel erger. 'Je mag blij zijn dat ze je heeft opgemerkt, iemand met zoveel klasse als zij.' 'Hoe is het je gelukt haar voor je te winnen?' Ik her- inner me een avond dat ik me niet liet gezeggen: 'Is ze te goed voor mij, is dat het? Ben ik zo lelijk? Zo onaardig?' Mijn moeder protesteerde onmiddellijk: helemaal niet, ik had er niets van begrepen, ik kon er heel goed mee door, ik was helemaal niet onknap en ik was ook heus sympathiek, maar ze had me zich voorgesteld met een vrouw die gewoner was, niet onverstandig of lelijk, natuurlijk niet hè, maar laten we zeggen... min of meer onbestemd.

Kan ik dat mijn ouders kwalijk nemen? Hoe kan ik hen een fout verwijten die ik zelf ook begaan heb? Ooit was ik zelf net als zij, werd ik door glinstering aangetrokken, geloofde ik in wat de etalage beloofde, zonder de winkel binnen te zijn gegaan. Ik was die nachtvlinder die, aangetrokken door de kaarsvlam, zijn oordeelsvermogen compleet verliest – ze is zo mooi – en eropaf vliegt, in de volheid zijns harten, zonder dat ooit de gedachte bij hem opkomt dat hij zich eraan zou kunnen branden. Ik ruik een brandlucht, geloof ik. Of is het de rest van de gratin die ik voor mijn neus heb? Ik ben in gedachten weggedwaald van die maaltijd hier. Terug naar de familie Schaap.

Plotseling... waarom staan ze nu allemaal overeind? O ja, het is zover. De Schaapjes gaan vroeg naar bed, of ze kunnen niet wachten om terug te gaan naar de Schaapskooi, zich weer te voegen bij de rest van de Schaapskudde – het is nog maar net elf uur.

Ik kom ook overeind. Bedankjes, omhelzingen, complimenten voor Béatrice vanwege haar laatste boek (erg beeldend), vanwege de tafel (prachtig design) en vanwege het maal (overheerlijk, wat een meesterkok!).

Béatrice heeft me al verteld hoe zij dat ziet: ze liegt niet, nee, ze zegt niet: 'Ik heb gekookt,' ze laat de gasten denken wat ze willen. Een leugentje door nalatigheid, maar haar geweten is gerust: ze heeft niet gelogen.

Ik vind dat ze maar liever openlijk moest liegen, dat lijkt me eerlijker.

De Schaapjes vertrekken.

Ik blijf.

Ik laat het gebeuren, het jeukt aan me: de deur is nog maar net dicht of met gesmoorde stem, als bedroefd door dit vertrek, laat ik een klaaglijk 'Beeeeeh' horen.

'Zo, nu word je wakker!'

'Ik kan toch niet gaan blaten aan tafel...'

Ze haalt haar schouders op, slaat haar ogen ten hemel, in een volmaakte opeenvolging van gebaren. Je zou zweren dat ze het heeft gerepeteerd. Ze repeteert ook vaak, dat is waar.

'Benjamin, vanavond heb ik me afgevraagd of je nog wel in leven was.'

Ik ook; dat bewijst dat we nog punten gemeen hebben.

'Béatrice... ik zou willen dat je niet te veel over dat gedoe over een apotheek zou praten, dat is een beetje voorbarig...'

'O? Daarom! Leek je daarom zo van slag? Neem me niet kwalijk, Benjamin, ik heb het genoemd als een plan, een datum heb ik niet genoemd.'

Dat ontbrak er nog maar aan.

Ik ruim af, jij ruimt af, zij ruimt af, wij ruimen

af... Terwijl ik mijn werkwoordsvervoegingen door-neem, becommentarieert zij de avond, ik knik van tijd tot tijd. Ze heeft gelijk: ik ben al een beetje dood. Dat heeft een goede kant: als ik uiteindelijk helemaal sterf, zal dat niet meer betekenen dan een kleine verheviging, een stapje extra, en ik sterf rus-tig, dan heb ik de tijd om eraan te wennen; of ik nou een beetje meer of een beetje minder sterf, ik zal het verschil nauwelijks voelen.

'Benjamin, ga eens even zitten, alsjeblieft.'

'Zijn we klaar? Klaar met opruimen?'

'Ja... Ik moet met je praten.'

'Vanavond? Ik weet het wel, ik moet een apo-theek kopen. Kunnen we daar niet een andere keer over praten? Ik ben doodop...'

'Daar wil ik nu juist met je over praten: het is niet goed met je, Benjamin.'

'Vind je dat ik naar een dokter moet?'

'Nee, ik dacht aan je psychische gezondheid. Je steekt niet goed in je vel, je bent afwezig, je staat niet goed in je schoenen ...'

Als wezenloos kijk ik naar mijn voeten in mijn schoenen, terwijl zij doorgaat met een beschrijving van me te geven. Het wordt interessant: ze denkt niet dat ik leeg ben, integendeel, ze denkt dat ik vol zit, vol met sinistere gedachten, vol met verdron-gen emoties, met verzwegen dingen die natuurlijk met mijn vroege jeugd te maken hebben. Barstens-vol – ze denkt dat ik op het punt sta te barsten.

Misschien. Wie heeft dat soort dingen niet?

Iedereen heeft er wel een voorraadje van, lijkt mij. Maar dat vult niet; je wordt er alleen nog maar leger van.

'Dat is je midlifecrisis, Benjamin, dat is niets nieuws. Maar je moet wel zien dat je een beetje grip op jezelf krijgt.'

Onmiddellijk grijp ik mijn hand, net als de vorige keer, in de auto.

'Ik maak geen grapje, Benjamin. Daarvoor moet je met iemand afspreken.'

'Met iemand afspreken?'

'Ja, maak een afspraak met een psychiater. Het is voor je bestwil, Benjamin.'

O... een ogenblik dacht ik dat ze me vroeg om een verhouding te beginnen met een andere vrouw. Ik ben een beetje teleurgesteld. Als ik dan toch met iemand moet afspreken, dan liefst met een vrouw. Of met een vrouwelijk psychiater? Was het maar waar. Ze heeft een mannelijke psychiater voor me op het oog. Een van de beste, voor mijn bestwil. Iemand die haar is aanbevolen, die fan-tas-ti-sche resultaten heeft. Het zou toch zonde zijn om die niet te consulteren. Zonde voor wie? Denkt ze dat die vent me zal aanraden een apotheek te kopen?

Ze heeft nagevraagd, ze heeft getelefoneerd... Ze geeft me een papier waarop ze alles heeft genoteerd, naam, adres, telefoonnummer, spreekuren en tarieven.

'Bel hem, Benjamin!'

'En als ik hem uit zijn slaap haal?'

'Niet nu! Maar wacht niet te lang.'

'Oké... Ik zie wel.'

'Als je zegt: "Ik zie wel," dan betekent dat dat je niet gaat. Kom toch eens uit voor wat je bedoelt, Benjamin. Doe je wat ik zeg, of doe je niets... Je luistert nooit naar me.'

Plotseling is haar stem gesmoord tot niet meer dan een jammerklacht. Ik hoor maar nauwelijks dat ze zegt: 'Je onverschilligheid doet me pijn.'

Ze droogt haar ogen met een gebaar zo lieflijk, zo ontwapenend... Ik voel me een lomperd, een kinkel, met een bord voor mijn kop.

Ik pak haar hand, probeer die niet te breken en druk er een lichte kus op. Moeizaam zoek ik mijn woorden.

'Ik... Ik wilde je... Ik wilde je niet kwetsen.'

Ze maakt nog eens hetzelfde dierbare gebaar. Zo gracieus, alsof ze haar ogen afveegt, met de rug van haar hand en maar net haar oogleden aanraakt. Hoe doet ze dat toch?

Met breekbare stem, nauwelijk hoorbaar, antwoordt ze me: 'Dat geeft niet, Benjamin... Het is voor jouw bestwil... Doe maar wat je wilt... Ik sta zo... zo met lege handen als je geholpen moet worden.'

Haar stem sterft weg; haar hand voert nog een keer zijn zo verfijnde dans uit.

Wat zou ik graag haar ogen willen zijn en dan zo aangeraakt worden.

4

De freudiaanse amulet

Een wachtkamer. Ik wacht.

Minuten van mijn leven verstrijken; de zandloper leegt zich langzaam maar zeker en ik zit hier, ik wacht.

Zitten we niet allemaal, altijd, in een wachtkamer? Alleen heeft iedereen zijn eigen zandloper en zijn ze niet allemaal even vol. Alleen zit niet iedereen in dezelfde wachtkamer. Maar allemaal wachten we en allemaal zijn we bezig met iets, terwijl we wachten.

Wat doe ik hier?

Kon ik niet ergens anders wachten? Hoeveel zand zit er in mijn zandloper? En in die van Marianne...? O nee! Marianne heeft het eeuwige leven: haar zal ik altijd levend kennen. Ikzelf ben sterfelijk; voor haar ben ik sterfelijk. Ik zou nu ogenblikkelijk willen sterven om zeker te weten dat ik eerder sterf dan zij.

Ik ril.

En ik ontdek: ik ben aan de beurt. Mijn beurt, het is zover. Is dat hoe we reageren, bij de laatste zandkorrel, als eindelijk het allerlaatste wachten voorbij is: nu al?

Ik verlaat de wachtkamer. In mijn hoofd heb ik, als een zandkorrel, deze ironische gedachte: ben ik dood zonder het gemerkt te hebben? En loop ik hier achter Petrus of God de vader aan?

'Gaat u zitten, alstublieft.'

Als hij het zo vriendelijk vraagt...

Ik kijk de psychiater aan. Grijs kostuum, grijs haar... Het is een grijze psychiater.

Zelfs zijn ogen zijn grijs. Je kunt je afvragen of hij zijn kleren kiest in de kleur van zijn haar of dat het andersom werkt. Of, doordat hij altijd en eeuwig grijze kleren draagt, zijn ogen en zijn haren zijn gaan vergrijzen om niet uit de toon te vallen.

Als ik romanschrijver was, zou ik als personage een grijze psychiater nemen en hem Gijs-grijs noemen. Alles aan hem zou zijn verkleurd, alles zou zijn vergrijsd. Niet alleen zijn ogen, zijn haar en zelfs zijn huid, die uiteindelijk ook grijs zou zijn geworden, maar ook zijn geest: ook van binnen zou hij grijs zijn. Een grijze ziel, zoals alle zielen zodra ze een beetje gebruikt zijn: geen zwarte ziel, nee, maar een gevlekte, een bezoedelde ziel. Vaarwel zuiverheid, welkom droefenis... Ook geen werkelijk zwarte, maar wel versomberde gedachten. Enzovoort... Als troost bij al die grijzigheid, als bescherming, om te zorgen dat het allemaal niet nog grijzer werd, zou mijn Gijs-grijs iets eigens hebben, dat hij altijd op zijn lijf droeg, een fetisj, een amulet. Een gri-gri zoals toverdokters in Afrika dragen. Deze al te gemakkelijke opeenvolging van associaties zouden mijn lezers me niet in dank afnemen, maar dat moest dan maar.

De gri-gri van Gijs-grijs, de gri-gri van een psychiater die schoon is op zijn lichaam, beleefd, alstublieft enzo…, dat zou geen Afrikaanse gri-gri zijn, dat zou niet overeenkomen met zijn manier van redeneren, dat zou een freudiaanse gri-gri zijn. Dat zou…

'Waar heb ik uw bezoek aan te danken?'

Wat vervelend. Ik ben de draad kwijt. Nu zal ik nooit weten wat de gri-gri van Gijs-grijs er voor een was. Hoe zit het ook weer? Wat zei hij?

'Pardon?'

'Waaraan heb ik uw bezoek te danken?'

'Mijn vrouw…'

Hij doet alsof hij om zich heen kijkt. Daarbij draait hij zijn hoofd en zie ik, vluchtig, in de holte van zijn nek, een kettinkje, van goud. Als dat zijn gri-gri is, dan stelt dat teleur. Gebrek aan verbeelding. Of die ketting moest voor een keten van associaties staan, waarin elke schakel gevolgd wordt door een andere schakel, enzovoort. Ja, dat moet het zijn, het is vast en zeker een freudiaanse gri-gri.

'Uw vrouw… maar ik zie niemand.'

'Ze is niet meegekomen. Maar zij heeft me aangeraden bij u op consult te gaan.'

'Heeft ze u ook gezegd waarom?'

'O ja, daar is ze heel duidelijk over. Ze denkt dat het niet goed met me is, dat ik grip op mezelf moet krijgen.'

'Weet u waarom ze denkt dat het niet goed met u is?'

'Ja. Omdat ik geen apotheek wil kopen.'

Hij glimlacht, verrast.

'O? Want volgens haar kopen mensen met wie het wel goed is apotheken?'

'Dat ziet zij wel min of meer zo...'

'Want u bent apotheker?'

'Die moeten er ook wezen...'

Ik zie dat hij er niets van begrijpt. Ik vat de situatie voor hem samen: ik hou van mijn beroep, maar ik heb geen zin om een apotheek te kopen, terwijl mijn vrouw erop staat. Dat doet ze niet om me dwars te zitten, maar voor mijn bestwil: ze denkt dat ik me meer zou ontplooien als ik mijn eigen apotheek had.

Daar heeft hij niet van terug. Ik ook niet. Ik heb de waarheid wel verteld, maar terwijl ik dat deed, drong het tot me door hoe belachelijk die is. Als deze psychiater me uit veiligheidsoverwegingen liet opsluiten, zou Béatrice me dan in het gekkenhuis komen opzoeken? En Marianne? Dan zeg ik, nauwelijks heb ik het gedacht of ik heb het al uitgesproken: 'Ik heb een dochtertje. Ze heet Marianne...'

'Ja… en zou Marianne ook willen dat u een apotheek kocht?'

'Nee, Marianne wil dat ik tekenfilms voor haar koop en speelgoed. Ze speelt heel graag, Marianne…'

'Ja… En u zelf…?'

'Ik zelf, ik speel graag samen met haar, maar ik speel niet in mijn eentje…'

'Nee, ik bedoelde: En u zelf, bent u het eens met uw vrouw, denkt u dat het niet goed met u is?'

'Ik denk dat het niet speciaal goed met me is en ook niet slecht. Met mij gaat het gemiddeld. Wat er mis is bij mij, dat is…'

Ik zwijg. Wat ik op het punt stond te zeggen, dat zag ik niet aankomen, maar ik kon het maar met moeite binnenhouden: wat er mis is bij mij, dat is zij. Het zal wel een associatieketen zijn geweest, waarin de ene schakel naar een volgende leidde. Bij mij… terwijl ik dat zei, zag ik me bij mij thuis, letterlijk. In mijn huis, in haar huis…

Béatrice is niet altijd gemakkelijk, maar ik ook niet, uiteindelijk. Ze heeft geen kwade bedoelingen, ook al is ze soms wat bruusk tegen me. Ik ben wat overgevoelig, ik heb niet de moed om voor mijn meningen uit te komen. Ik ga nooit recht op mijn doel af. Mijn probleem ben ik zelf. Anderen de schuld geven, dat is je verantwoordelijkheden ontvluchten. Béatrice zou het met me eens zijn: Benjamin, je vertoont vluchtgedrag. Ik vertoon vluchtgedrag…

'Ja? Wat er mis is bij u, dat is...?'

De grijze ogen op mij gevestigd. Die al te grijze blik, die zegt: Komt er nog wat van?

Zeker komt het ervan. Dan ben ik in elk geval niet voor niets gekomen, dan heb ik het tegen iemand gezegd, dan heb ik het één keer in mijn leven echt gezegd: 'Ja... Het is zoiets als een flauwte. Ik voel me leeg... Ik voel me hol vanbinnen. Alsof ik geen dikte heb. Dat doet geen pijn, fysiek is het niet ondraaglijk om leeg te zijn, niet echt. Het is een merkwaardig gevoel, alsof mijn leven is weggelekt. Alsof ik ergens ben lekgeprikt en langzaam begonnen ben leeg te lopen. Ik zat vol, tenminste voor een deel. Ik heb dat lek niet voelen komen, beetje bij beetje liep mijn inhoud weg en toen dat tot me doordrong, was ik al leeg. Het is zoiets als bloedverlies. Als een gewonde te veel en te langdurig bloed verliest, is uiteindelijk de gewonde zelf verloren. Bij mij is het net zo: ik ben mezelf uit het oog verloren. Ik weet niet wat er van me geworden is.'

'In elk geval leeft u nog.'

'Zo op het oog... Schijn bedriegt.'

Hij vraagt me die 'bewustwording' te dateren; hij houdt van dergelijke termen, ik hoor het aan zijn stem.

'Heel kort geleden. Anders had ik het gat wel gedicht.'

'En hoe ging dat? Is er iets gebeurd waardoor u zich van die leegte bewust werd?'

Hem vertellen dat het kwam door een salontafel? Er zijn grenzen aan wat je iemand aan vertrouwelijks kun meedelen. Ik heb er al te veel over gezegd, het voelt alsof ik het weinige dat me restte
ook nog kwijt ben. Veel was het niet, maar het was
tenminste van mij.

Dus komt het nog? krijg ik door de grijze blik
toegeworpen. Toegeworpen... dat inspireert me: ik
kom op de missende schakel.

'Het kwam door een bal, die ik overgooide met
mijn dochtertje en die langzaam leegliep... Een grote, vrolijke bal, vol kleuren. Uiteindelijk leek hij
nergens meer op. Ik legde aan Marianne uit dat de
bal vol met lucht zat, dat hij door een ongelukje lek
geraakt was en daarna leeggelopen. Terwijl ik dat
zei, dacht ik: Net als ikzelf... Zo ging dat!'

Hij kijkt me aan, met een ernstig gezicht. Een
grijs gezicht...

'Bent u het eens met mijn vrouw? Denkt u dat
het grijzig... Pardon, dat het ernstig is? Dat het niet
goed met me is?'

'Wat ik denk doet er niet toe. Het gaat erom wat
u zelf denkt... Iedereen gaat zich ooit op een dag
dingen afvragen over zijn leven, over de zin van zijn
leven. Dat zijn existentiële vragen. Sommigen stellen zich die vragen scherper dan anderen. Dat is
kennelijk bij u het geval. Dat betekent voor mij nog
niet dat u hulp van buitenaf wenst. U bent hier gekomen "op aandringen" van uw vrouw, niet op eigen
initiatief. Als u bij me terugkomt, zou het prettig

zijn als u dat volledig uit eigen keuze doet. Als u er zelf toe besloten hebt. Neemt u de tijd om daarover na te denken...'

Dan legt hij uit: de therapie die hij toepast is gebaseerd op gedachtenassociaties, waarbij de ene gedachte de volgende uitlokt en die volgende gedachte weer een volgende... Hij vingert aan de ketting om zijn nek. Zijn freudiaanse gri-gri stelt hem gerust: hij legt goed uit.

'Denkt u er rustig over na... en komt u vooral tot een zelfstandig oordeel. Laat niemand voor u kiezen.'

Een zelfstandig oordeel? Dat heb ik nu wel. Vaarwel meneer Gijs-grijs.

* * *

'En?' zegt ze. 'Hoe is-ie?'

'Grijs.'

'Benjamin, met jou kun je nooit serieus praten. Ging het goed?'

'Ja.'

'Wat heeft hij gezegd?'

'Hij heeft gezegd... hij heeft gezegd dat er bij mij sprake is van een existentiële crisis. Ik stel mezelf vragen over de zin van het bestaan en dat is eigenlijk vooral een teken van geestelijke gezondheid, volgens hem. Hij vond dat het eigenlijk wel goed met me is...'

'Benjamin, je hebt je niet laten zien in je ware gedaante. Waar heb je het over gehad?'

'Over van alles... Over mijn werk, over mijn ouders, over Marianne...'

'En niet over mij?'

'Jawel, over jou ook.'

'Wat heb je over mij aan hem verteld?'

'Dat je altijd klaar stond... om me te steunen.'

'Een beetje te veel zelfs. Ik kan niet alles op mijn schouders nemen, weet je... Daarom, zie je, daarom moet je eindelijk grip op jezelf krijgen. Wanneer ga je er weer heen?'

'Hij vindt dat ik verder zijn diensten niet meer nodig heb. Of... zijn diensten? Nou ja ik weet het niet meer precies...'

Ze zucht.

'Zo zie je maar weer hoe het met jou is: zo gauw er iets van je verlangd wordt, maak je je uit de voeten.'

'Dat heb ik ook tegen hem gezegd: ik heb hem wel degelijk uitgelegd dat ik vluchtgedrag vertoon. Maar hij denkt van niet, dat is een indruk die ik heb omdat ik aan mezelf twijfel. Dat is een symptoon van mijn existentiële crisis. Dat is verre van onrustbarend. Ik moet mijn zelfvertrouwen terugkrijgen, me mijn kwaliteiten bewust worden. Want, zie je, ik heb de neiging alleen mijn gebreken te zien. Begrijp je wel?'

Ze trekt een gezicht, heel zachtjes. Als ze de liefde bedreef zoals ze gezichten trekt, dan ging ik met een blij gemoed naar bed..

'Heeft hij dat gezegd? Je liegt, Benjamin.'

'Nee, als jij geen vertrouwen in me hebt, hoe moet

ik dan mijn zelfvertrouwen terugwinnen? Daar was hij heel duidelijk over: de omgeving moet de waarde van de persoon in kwestie niet in twijfel trekken; dat is essentieel bij een existentiële crisis. Zo'n crisis, dat is iets waar je kwetsbaar van wordt, zie je...'

Ik voel dat ze sceptisch is, niet weet wat te denken...

Plotseling ontploft ze. Boem!

'Existentiële crisis! Existentiële crisis! Ik zál je... met je existentiële crisis! Dat mannetje was niet goed genoeg om te zien dat het niet goed met je is!'

'Hij heeft me niet met dezelfde ogen gezien als jij...'

Ze kalmeert, even plotseling als ze is ontploft. Heb ik de juiste snaar geraakt?

'Hij heeft je gezien in een andere setting... hij kon niet goed zien hoe het ervoor staat. Maar er is tenminste één positief punt in wat hij je gezegd heeft: je moet zelfvertrouwen hebben, je durven in te zetten, ophouden je verantwoordelijkheden te ontlopen. Hou dat alles in gedachten, Benjamin. En ga nu eerst maar gauw een pizza halen, ja?'

Ik schiet mijn jasje aan en zeg, met de deurknop in mijn handen: 'Béatrice?'

'Wat?'

'Hij zei ook dat het, psychisch gezien, geen geschikt moment was om een apotheek te kopen. Ik ben psychisch breekbaar.'

5

Love, Not War

Ik had nooit moeten zeggen dat ik breekbaar ben. Sindsdien heb ik de indruk dat ik op het punt sta te breken. Ik ben zoiets als een glas met een barst, ik hang tussen twee toestanden. Bij de minste schok kan ik breken. In duizend stukken.

En harde stemmen werken op me als trillingen, als dreigend gevaar. Ik ben een kristallen vaas met een scherf eraf; ik loop gevaar. En wat doe je met een vaas die in stukken gaat? Die gooi je in de vuilnisbak en je maakt er geen woorden meer aan vuil.

Als Béatrice schreeuwt lijkt ieder woord een ontploffing en wil ik me onder het bed verstoppen tot ze haar Uzi opbergt. Ze schiet met losse flodders, maar het geluid verwondt me daarom niet minder. Tenslotte loopt het bloed me uit de oren.

Als Béatrice schreeuwt, zou ik harder moeten schreeuwen dan zij, als ik wil dat ze me ook een

beetje hoort. En als we allebei stonden te schreeuwen, waar zou dat op lijken? En wat moest Marianne daarmee?

Als Béatrice schreeuwt, aarzelt Marianne niet,
ze verdwijnt naar haar kamer, sluit de deur, vertelt
verhaaltjes aan haar poppen om te zorgen dat die er
niets van horen.

Als Béatrice schreeuwt, zou ik graag een pop willen zijn.

Als Béatrice schreeuwt tegen Marianne, kan die
niet naar haar poppen vluchten: 'Blijf hier, Marianne! Luister naar me!' Dan blijft Marianne, met een
oplettend, geconcentreerd gezichtje. Ik denk dat ze
zichzelf op die momenten als een pop ziet en zichzelf, stiekem, in haar hoofd, ik weet niet wat vertelt. Ik weet niet wat... Ik weet niet wat er in haar
omgaat als ze zo onbewogen blijft tot Béatrice zegt:
'Heb je dat begrepen?'

Dan zegt ze: 'Ja,' dat ze het begrepen heeft. Wat
begrepen? Dat ze haar vieze kleren in de wasmand
moet stoppen en niet op de grond moet laten slingeren? Begrepen dat ze haar speelgoed moet opruimen en het niet overal moet rondstrooien, als een
Klein Duimpje van de nieuwe generatie, dat zijn
sporen overal in huis moet achterlaten om er zeker
van te zijn dat het thuis is? Heeft ze alles tegelijker-
tijd begrepen, of van alles een beetje? Wie zal het
zeggen... Ze zegt dat ze het begrepen heeft en gaat
verder met haar leven. Dit was een onderbreking,
kortstondig, als een stroomstoring: als er weer

stroom is, worden de kaarsen uitgeblazen en is het vergeten. Vergeten...?

Slingeren er minder vieze kleren rond? Ligt het speelgoed minder verspreid na zo'n crisis, die crisis van geschreeuw? Een beetje... Een uur of twee, even maar...

Als Béatrice schreeuwt, vergeet ik onmiddellijk alles wat ze zegt, ik verlang maar één ding: dat het overgaat.

Als Béatrice schreeuwt speel je gevaarlijk spel als je probeert met tegenargumenten te komen, dan gooi je olie op het vuur.

Als Béatrice schreeuwt, word ik plotseling overvallen door een geweldige vermoeidheid; een ontzaglijke afgematheid.

Nee, dan zou ik me, als ik het echt voor het zeggen had, niet onder het bed verstoppen, dan zou ik naar bed gaan. Dan kroop ik in bed, tot helemaal onderin, tot de slaap kwam, tot het stil werd.

Als Béatrice begint te schreeuwen, en ik tegen haar zeg: 'Schreeuw toch niet zo,' dan schreeuwt ze nog harder: 'Ik schreeuw niet!' Dan zeg ik dat natuurlijk steeds minder vaak tegen haar. Ik zeg het haar nu niet meer.

Als Béatrice niet schreeuwt, zeg ik tegen haar dat het rustgevend is, dat het prettig is als ze normaal praat, zonder haar stem te verheffen. Dan kijkt ze me aan, verbijsterd, alsof ik onzin uitkraam: 'Nou ja, Benjamin! Ik schreeuw nooit. Af en toe word ik boos omdat er anders niet naar me geluisterd wordt, maar ik schreeuw niet! Jij kunt gewoon nergens tegen: als ik je maar even je zin niet geef, dan zeg je dat ik schreeuw. Zo gauw ik probeer je tegen te spreken, denk je dat ik schreeuw. Dat komt door je kindertijd, Benjamin, ik kan het niet helpen: je ouders verheffen hun stem bij het minste of geringste. Ik geef mijn mening, zonder omwegen, ik zeg waar het op staat, maar ik schreeuw niet, dat denk jij maar...'

Béatrice kent zichzelf niet. Zij verwart zichzelf met een ander. Een andere vrouw die zij voor zichzelf aanziet en met wie ze niet meer dan wat familietrekken gemeen heeft, op wie ze alleen maar in de verte lijkt.

Ik laat dit alles ronddraaien in mijn hoofd, onder de dekens. Daarnet was er een crisis, voor Marianne naar bed ging. Een explosie.

Het was maar kort, een paar ontploffingen, geen gewonde omstanders – Marianne heeft zich onmiddellijk in veiligheid gebracht, in haar kamer.

Béatrice had het met me over Aurélien, die zo ongelukkig is sinds hij ver weg van zijn kinderen leeft – waarom begint ze telkens weer over Aurélien? Ik zei dat Odile, de ex van Aurélien, niet erg moederlijk was en dat de kinderen 'misschien' (met de nadruk op 'misschien', het ging om een veronderstelling) even goed af geweest waren bij hun vader (ik zei 'even goed' en niet 'beter'). Onmiddellijk trok ze haar schouders op en verhief ze haar stem: 'Odile? Niet moederlijk? Als je niet seniel bent, geen doetje, geen jaknikker, geen slapjanus, dan wil dat nog niet zeggen dat je geen affectie kent! Aurélien zou vaatdoeken van zijn kinderen gemaakt hebben, slapjanussen! Een kind heeft regels nodig, discipline!'

Ik had het ongeluk op te merken: 'Tot uw orders, commandant, links, rechts, links, rechts!'

Dat was uit solidariteit met Aurélien, ik kon me niet inhouden – je kunt je niet eeuwig maar inhouden...

Dat bracht de explosie teweeg.

Ik zei nog dat het een grapje was, een slechte grap natuurlijk, een achterlijke tienergrap en dat het me speet. Vergeefse moeite, olie op het vuur, een tweede salvo. Een spervuur. Schreeuw-schreeuw-schreeuw.

Plotseling dacht ik (God mag weten waarom): Lieve Heer, mag dit alstublieft overgaan. En toen: Waarom ook niet, Hij is tenslotte almachtig.

Daarna stopte ik met denken en begreep vaag wat ze schreeuwde: 'Odile is een fantastische vrouw, ze is heel ongelukkig geweest met Aurélien; wat hem overkomt heeft hij aan zichzelf te wijten; de kinderen zijn duizendmaal beter af bij hun moeder, die met beide voeten op de grond staat, terwijl hij...' De rest ging verloren in de botsing van woorden, die tegen elkaar dreunden, hotsten, beukten en jankten.

Plotseling kalmte na de storm, een waterig zonnetje: 'Begrijp je, Benjamin, ik ben erg op Odile gesteld. Kom, daar gaan we toch geen ruzie over maken, dat zijn onze zaken niet. Trek niet zo'n gezicht... Ik vind het niet prettig als je droevig bent, lach eens naar me...'

Ik weet niet of ik haar heb toegelachen: ik weet dat zij me een kus op mijn mond drukte en dat die kus zo heftig was dat hij gewelddadig aanvoelde.

Terwijl zij haar verhaal voorlas, daarnet, keek ik niet naar het plafond, in de voorspellingen was ik niet geïnteresseerd.

Ik wendde een keiharde hoofdpijn voor om in bed te kruipen – waarom zouden mannen geen migraine mogen hebben? Dat zou discriminatie zijn.

'Slik maar iets, nou ja, Benjamin, ben je apotheker of snoepverkoper?'

'Allebei... Ik heb wel wat ingenomen, maar het gaat vlugger voorbij als ik ga liggen.'

'Je gaat toch niet slapen, Benjamin, nu toch nog niet?'

Ik bleef ontwijkend. Ik ben geen groot voorstander van slaappillen, maar ik kreeg wel zin... ik weerstond de verleiding.

En nu lig ik tussen de lakens.

Het liefst zou ik eerder inslapen dan zij.

Voor zij naast me in bed stapt.

Ik slaap nog steeds niet.

En daar komt ze.

Ik doe mijn ogen dicht, ik beweeg niet meer, ik adem regelmatig, zachtjes...

Ik hoor haar naar bed gaan, ik voel haar me aanraken. Ik maak een vaag geluidje, slaperig, en ik draai me op mijn andere zij, waar ik verder mijn rol speel van diepe slaper.

De adem bij mijn oor, haar huid tegen de mijne, dicht tegen me aan...Ik slaap.

Haar handen op mijn lijf.

Eerst op mijn rug.

Ik slaap.

Haar handen op mijn billen, op mijn dijen...

Ik slaap.

Haar handen op mijn geslacht.

Ik slaap nog steeds.

Haar handen komen in actie, ze komen in de weer...

En mijn geslacht gehoorzaamt slaafs... verraadt me.

Ik slaap niet meer.

Slaperig klaag ik: 'Je maakt me wakker, ik heb slaap...'

'Sliep je? Kijk eens aan! Sliep je met je toverstafje gebruiksklaar? Wat een zonde! Weet je, met die dingen is het net als met batterijen, die slijten alleen als je ze niet gebruikt...'

Dan komt er een rozenkrans van obsceniteiten, woorden zo obsceen dat ze bijna gewelddadig zijn, woorden die ze gelezen heeft, die haar zijn bevallen – Béatrice leest veel moderne romans. Woorden die haar in alle staten brengen, ze hijgt, ze kreunt, ze klimt bovenop me, ze pakt mijn hand, stuurt hem op de goede weg, reciteert de gebruiksaanwijzing – zo, daar, hier, schiet op...'

Ik voel iets als een kramp in mijn hand, die blijft onbeweeglijk; mijn vingers zijn verstijfd, zwaar als van hout – massief hout deze keer. Mijn hand is als het standbeeld van een hand. Maar dat maakt niets uit, de obsceniteiten stromen door en daarna die, die ze telkens opnieuw gebruikt als ik er met mijn hand weer eens niets van terechtbreng: je wordt nooit zo goed bediend als wanneer je het zelf doet.

Ze duwt mijn hand weg van de strategische plek.

Haar bewegingen hinderen me.

'Vooruit nu, Benjamin, steek hem erin, neem me, neuk me, gauw!'

Ik denk bij mezelf dat veel mannen wat graag op dit exacte moment mijn plaats in zouden willen nemen. Béatrice's lichaam zou daar normaal gesproken begeerlijk genoeg voor moeten zijn...

Ik denk: Je kent je eigen geluk niet, zo'n mooie vrouw, en in alle opzichten zo vrij.

Vrij...

Laat onze gevangenen vrij... Het dreunt in mijn hoofd, met doffe slagen, alsof mijn hersenen uit mijn hersenpan willen ontsnappen... Daar vallen klappen, daar wordt geschreeuwd, laat onze gevangenen vrij!

Ik maak me vrij.

Ik maak me los en ik haal diep adem, ik proef genietend hoe vrij ik nu ben, hoe licht... Dat gewicht is van me weggenomen. Vrijheid, gelijkheid, broederschap. *Make love, not war.*

'Wat heb je ineens, Benjamin? Voel je je wel goed?'

'Nee, ik voel me niet goed. Ik heb hoofdpijn. Het lukt me niet...'

'Dat kun je me niet aandoen! Ik ben er klaar voor, ik ben heet, ik...'

'Ik ben niet lekker, ik heb een bonkende hoofdpijn.'

'Neem daar iets voor in, je kunt me niet zo halverwege laten steken!'

'Ik heb al wat ingenomen. Ik moet slapen, dat is alles.'

Ze zucht, controleert de staat van mijn toverstokje, dat helemaal niet meer tovert, dat al zijn magie kwijt is.

'Ongelooflijk! Doe je dat expres?'

'Dat gaat niet op commando. Die hoofdpijn ook niet. Ik moet slapen...'

'Nou, welterusten dan maar! Ikzelf, ik zal wel niet kunnen slapen ...'

Er klinkt ontreddering in haar stem.

Moet ik haar troosten vanwege de pijn die ik haar bezorg?

Tegen haar zeggen dat ze mooi en begeerlijk is?

Haar zelfs zeggen dat ik van haar hou?

Maar ze staat al overeind.

Ze gaat de kamer al uit.

Nu al voel ik de slagen die klinken op de deur van mijn schedel, zwakker worden, nog zwakker worden... Laat onze gevangenen vrij, *make love, not war*, vrijheid, gelijkheid...

Nu al begint mijn denken te haperen.

Nu al zie ik, onder mijn oogleden, een complete optocht, spandoeken, affiches, en mensen van alle kleuren die in koor, uit volle borst zingen: *love, not war*.

6

Nee!

Vandaag neemt mijn baas me mee om samen te lunchen. Dat doet hij van tijd tot tijd en het is niet onplezierig. Het is even ontspannend als een zondagsmaal midden in de week, maar Béatrice denkt daar anders over: zij vindt het een paternalistisch, demagogisch en oubollig ritueel als ze goedgehumeurd is; de rest van de tijd vindt ze het walgelijk. Weerzinwekkend. 'Alweer! Ga je alweer schransen met dat vette varken!'

Hij is niet vet, om te beginnen; gewoon een beetje aan de ronde kant. En het is ook geen varken; hij is zelfs heel menselijk.

Deze keer heeft hij een Indiaas restaurant gekozen. Dat komt goed uit: even was ik bang dat het een Italiaan zou worden – met een pizza voor me zou het me wat aan enthousiasme hebben ontbroken.

's Morgens heeft Béatrice me haar instructies gegeven: 'Profiteer er tenminste van om het terrein te verkennen. Dat vette varken zal vast wel weten of er in de buurt een apotheek te koop staat.'

Ik zei tegen haar dat mijn baas een voornaam heeft, en ze barstte in lachen uit: 'Als je Aimé heet, moet je tenminste ook aimabel zijn! Hoe kan ik in vredesnaam Aimé zeggen tegen dat vette varken!'

Béatrice is een uitzondering; de meeste mensen (de klanten, de collega's, zijn kinderen... en zelfs zijn vrouw) hebben waardering voor hem. Ik heb me zelfs wel eens afgevraagd of zijn voornaam daar niet een rol in speelt en het mijn ouders vagelijk kwalijk genomen dat zij niet op dat idee gekomen zijn. Je zou je voornaam moeten kiezen als je groot bent; ik zou díe gekozen hebben.

We zitten al een tijdje aan tafel, vredig te babbelen. Een ogenblik ben ik bang dat hij me zal wijzen op een apotheek die te koop staat – het zou natuurlijk niet erg beleefd zijn als ik, midden onder het eten, demonstratief mijn oren ging zitten dichthouden. Maar het ligt anders: Aimé heeft een neef, die ook apotheker is en die zich zelfstandig wil vestigen.

'Als je hoort van een zaak die te koop staat, waarschuw me dan, Benjamin.'

'Afgesproken!'

Dan vraagt hij hoe het met mijn dochtertje is – dat is onderdeel van het ritueel.

'Heel goed! Een kleine duvel! Ze zit nog maar op

de kleuterschool en ze kan al aardig wat woorden schrijven...'

Ik stop; ik realiseer me dat sommigen het stom vinden, superstom, als je trots bent op je kinderen. Jammer. Dan ben ik wel trots op Marianne zonder het van de daken te schreeuwen. In elk geval is het gevaarlijk om op daken te klimmen; en ik hou ook niet van schreeuwen, dat maakt te veel lawaai.

Als ik schrijver was, zou ik een romanpersonage bedenken dat dol is op zijn dochtertje en heel trots. Dan zou ik heel tedere romans schrijven; als ze die lazen zouden de mensen denken: Wat is die jongen toch ontroerend! Vooral de vrouwen zouden me vertederend vinden – Het is zo'n schatje! Het zouden romans zijn vol viooltjes en rozenwater, en ze zouden heerlijk ruiken...

Ik schrik op, Aimé stelt me een vraag: 'En Béatrice, hoe is het met Béatrice?'

'...Dat gaat.'

Ik lieg niet graag. Om te beginnen voel ik me daar niet lekker bij, en bovendien... alle leugens onthouden die je hebt verteld, dat is ingewikkeld. 'Dat gaat' lijkt me een goed compromis waarin ik niet inga op de verschillende mogelijkheden. Want over welke Béatrice heeft hij het eigenlijk? Ik heb maar één echtgenote, maar er schuilen verschillende vrouwen in haar.

De jeugdboekenschrijfster gaat het geweldig. De vriendin van de heer en mevrouw Schaap is op haar allercharmantst. De vrouw die onbekenden op straat passeren floreert – is het geen plaatje? Mariannes moeder heeft ook niet veel te klagen, ondanks de dagen dat de was rondslingert en het speelgoed niet is opgeruimd. Benjamins vrouw gaat het slecht. Want ja: die achterlijke echtgenoot van haar begrijpt niets van het leven, weigert een apotheek te kopen (terwijl het toch zo voor de hand ligt dat te doen), die krijgt zijn straf nog wel, dan staat hij even beteuterd te kijken als die slapjanus van een Aurélien – die zijn straf meer dan verdiend had, hij was gewaarschuwd.

Dus 'dat gaat' lijkt me acceptabel, als samenvatting.

Aimé praat over de boeken van Béatrice. Hij heeft er een aantal van gelezen en vond ze erg de moeite waard; het valt me daarbij op dat hij het niet heeft over *Poep en plas*. Hij is, kortom, erg lovend over de boeken van Béatrice. Ik geneer me een beetje. Als hij wist dat zij hem voor vet varken uitmaakt... Ik heb erg zin om ermee voor de draad te komen. Maar die aandrang is onmiddellijk weer voorbij: ik zou Béatrice willen straffen door haar te verraden, maar hem zou ik ermee kwetsen.

'Bevalt je wat je vrouw doet?'

Dat hangt ervan af... Ik denk aan Béatrice in bed en ik aarzel. Ik denk aan Béatrice als ze schreeuwt en ik trek mijn neus op. Tenslotte denk ik aan Béatrice als ze schrijft, en ik zeg ja – ondanks *Poep en plas*, niemand is volmaakt.

'Benjamin... Ik moet je wat zeggen...'

Er klinkt een andere toon in zijn stem. Een beetje anders...

'Ik zeg het je voor je bestwil...'

Hola! Ik voel een instinctief wantrouwen tegen alles wat me voor mijn bestwil gezegd wordt. Ik frons mijn wenkbrauwen en wacht het vervolg af.

'Wees niet boos over wat ik je ga zeggen. Ik wil je niet lastig vallen, hoor, ik probeer je te helpen.

Ik heb niets gevraagd. De mensen die me willen helpen, zouden me veel meer helpen als ze me niet meer wilden helpen.

'Je bent een uitstekende apotheker, Benjamin, ik heb alle vertrouwen in je, dat weet je, en ik ben heel blij dat ik met je samen mag werken...'

Maar? Zeg het dan!

'Wat me een beetje zorgen baart, dat is... Dat heeft te maken met de omgang met je collega's...'

Wat? Bijna spuug ik mijn laatste hap in mijn bord. Mijn collega's? Ik sta altijd voor ze klaar, ik help ze uit de nood, ik vervang ze, ik neem de lastige klanten van hen over, ik bel met artsen die een onleesbaar handschrift hebben, ik... Wat willen ze nog meer?

Ik slik de compacte bal door die zich in mijn keel gevormd heeft en zeg: 'Wees eerlijk, alsjeblieft, Aimé. Wat hebben ze me te verwijten?'

'Zij? Niets, natuurlijk. Wat hen betreft gaat het allemaal prima. Maar ik... Ik heb eens gekeken hoe het gaat tussen jullie en ik heb besloten er met je over te spreken.'

'Ik luister.'

'Benjamin, leer nee te zeggen.'

'Nee!'

'Dat is een goed begin, ga door!'

'Nee, nee, nee, nee, nee. Zo goed?'

Hij glimlacht, bijna vertederd – Béatrice zou hem afstotelijk vinden, dat voel ik.

'Benjamin, je bent te aardig. In het leven is dat misschien een goed ding, maar niet in de apotheek. Ze gebruiken je, ze maken misbruik van je. Jij wilt gedienstig zijn en zij gaan je op de tenen staan. Leer nee te zeggen.'

Ik merk dat ik een weifelend gezicht trek, net als Béatrice. Waarom sleep ik haar overal met me mee?

'Want dat valt te leren?'

'Gelukkig wel. Het is een kwestie van training. Nu ben je er niet in getraind, je bent niet gewend te weigeren en als je tegen iemand nee wilt zeggen, ga je tenslotte tegen je zin toch akkoord. Ik heb je bezig gezien, pas, toen er dozen naar de vuilnisbak gebracht moesten worden. Het is je niet gelukt nee te zeggen.'

'Ach… Dat was niet erg, ik ben er niet van dood gegaan.'

'Jawel, maar met een kleine concessie en dan een volgende kleine concessie, kom je tenslotte uit bij de grote.'

Ik voel me niet op mijn gemak en steeds minder. Ik vind dit gesprek voor mijn eigen bestwil niet prettig. Hij moest maar liever ophouden, zijn les af-

sluiten. Hij schreeuwt niet, dat is alvast meegenomen, maar ik voel me bijna als thuis. En als hij het
dan zo goed weet...

'En hoe leer ik dat? Door iedere ochtend in de
badkamer keer op keer "Nee!" te roepen?'

'Nee, door te oefenen met kleine dingen. Door te
weigeren als je iets kleins wordt gevraagd, om als
het zover is te kunnen weigeren bij iets buitenspo-
rigs. Je weigert een telefoontje te plegen in de plaats
van een collega... om later te kunnen weigeren een
vrije dag met hem te ruilen. Je begint met nee te
zeggen op kleine dingen om later iets groots te kunnen weigeren. Zo genees je jezelf...'

'Zo, want het is een ziekte?'

'Ja... Maar het kan genezen. Ik ben ervan afgeko-
men...'

'Jij?'

'Ja, ik ook... Als je me in die tijd had gezien... Ik
liet me opvreten, je kon álles van me vragen. Ik
werd wat ze wilden dat ik was. Ik was nog maar een
figurant in mijn eigen leven, die toekeek, obser-
veerde wat anderen van me maakten... Zover is het
met jou nog niet!'

Commentaar overbodig.

Ik knik; hij gaat verder: 'Als je wilt leren nee te
zeggen, oefen dan regelmatig. Bijvoorbeeld, de volgende keer dat je vrouw van je vraagt... ik weet
niet, iets waar je eigenlijk geen zin in hebt, meer
niet...'

'Een pizza te gaan halen.'

'Precies, zoiets. Dan zeg je vriendelijk tegen haar dat je daar geen zin in hebt, dat ze zelf kan gaan. Zie je, dat kost geen moeite, maar het went je eraan nee te zeggen. Daarna verplaatst het zich van het ene gebied naar het andere: je oefent thuis, waar het geen moeilijkheden oplevert, om nee te kunnen zeggen op je werk, waar dat moeilijker is.'

Of andersom...

'Mmmm... En gelijk haal ik me ieders ongenoegen op de hals?'

'Nee kunnen zeggen, dat is accepteren om niet aardig gevonden te worden. Heel vaak zeggen we ja om niet onaardig gevonden te worden. We gaan niet af op ons verstand, maar op de angst een slechte indruk te maken. We vragen ons niet af of de dienst die ons gevraagd wordt gerechtvaardigd is; we vragen ons af of we een goede indruk maken. Ik zeg niet dat je alles moet weigeren, maar dat je een schifting moet maken. Wij hebben een brein en we vergeten het te gebruiken. Geen nee zeggen uit angst onaardig gevonden te worden, dat is niet alleen niet redelijk, het is ook zonde van de moeite: je zult uiteindelijk evengoed achting verliezen, dan word je gezien als iemand met onvoldoende persoonlijkheid... of als een jaknikker.'

Tja... ik ben er na aan toe hem te vragen hoeveel ik hem schuldig ben voor deze les. En of hij bij mij thuis zijn trommelvliezen komt lenen aan Béatrices zoete stem, als ik me aan het trainen ben, zoals hij het noemt. Goede raad is niet duur voor wie hem geeft.

'Benjamin... Begrijp je me?'

'Ja hoor, ik kan heus mijn hersens wel gebruiken!'

'Heb ik je gekwetst?'

'Echt niet, nee. Je ziet, ik kan al nee zeggen. Zeg eens, die methode, die 'training' van je, heb je die persoonlijk uitgeprobeerd?'

'Ja! Ik had het geluk die methode op tijd te ontdekken. Die heeft me het leven gered...'

Dat maakt me nieuwsgierig. Een charlatan raadplegen, dat is niets voor Aimé. Een psychiater misschien? Een Gijs-grijs...?

'Ik wil niet onbescheiden zijn, maar... van wie heb je dat allemaal geleerd?'

'Van Plutarchus.'

'Is die niet al lang dood?'

'Niet helemaal. Wat geschreven is sterft niet...'

Dat geef ik toe: geschreeuw sterft niet, dat klinkt na, nog lang nadat het geklonken heeft. Ook het geschrevene klinkt soms nog lang na nadat je het gelezen hebt, maar de resonantie is niet dezelfde. Het geschrevene dat kies je zelf... Plutarchus, een levensredder? Als Béatrice dat hoorde kon ze zich daar nog lang over vrolijk maken.

'Heeft Plutarchus je het leven gered?'

'Ja, maar het zou nooit bij me zijn opgekomen om hem te gaan lezen. Dat overkwam me helemaal toevallig: iemand had zijn boek in de trein laten liggen, een boek van Plutarchus. Ik bladerde het door uit nieuwsgierigheid. En... ik begreep dat dat boek over mij ging; dat het mij persoonlijk toesprak. Ik dank mijn redding aan een onbekende. Ik vind het prettig te denken dat het een vrouwelijke onbekende was. Ik had problemen met vrouwen in die tijd...'

Hij zwijgt even; ik laat hem over aan zijn herinneringen. Ik wil niet storen.

Plotseling: 'Benjamin.'

'Ja.'

'Ik heb morgen een probleempje... Kun je wat langer blijven, een uurtje?'

'Ja.'

'Nee!'

'Sorry... Nee, dat kan niet, spijt me.'

'Jee!... Ik heb mijn creditcard vergeten, kun jij alsjeblieft de rekening betalen?'

'Ja... Nee, ze kennen je hier, vraag maar of ze je de rekening willen sturen.'

Daar zit ik ineens met een trainer. Wat moet ik daarmee? Ik ben helemaal geen sportief type, nee!

7

De beeldhouwer en de scenarist

Eerst zie ik alleen haar.

Ze is mooi, daar is geen twijfel aan...

Ik kon eigenlijk niet anders dan verliefd op haar worden...

Dan ziet ze me: 'O, ben je daar?'

Dan: 'Kom, dan stel ik je voor!'

Dan zie ik hém. Een wat ouder, bohémien-achtig type, het soort waar ze van houdt, baard van drie dagen, bestudeerd slordige verschijning, ontspannen houding, artistiek uiterlijk... en een pafferig gezicht. Het is alsof een beeldhouwer vergeten heeft zijn kop deugdelijk voor te hakken, het teveel aan materie te verwijderen en zijn trekken aan te scherpen. Die indruk maakt hij op me: die vent is niet helemaal af.

Maar we stellen ons beleefd op, aangenaam, hoe maakt u het, kan ik u iets inschenken? En blablabla. Ik heb mijn mond nog niet opengedaan, maar ik ken de woorden al. Wat mij betreft, bij mij was het niet de beeldhouwer die zich er met een Jantje van Leiden van had afgemaakt, maar de scenario-schrijver: die heeft zich niet erg ingespannen en mij met een zouteloze tekst opgescheept, altijd dezelfde zinnen, niets animerends. Ik gooi het scenario weg, ik speel niet meer. Ik heb er sowieso nooit om gevraagd te spelen.

'Benjamin, dit is Martin, de tekenaar die we gekozen hebben voor mijn volgende boek.'

De niet helemaal voltooide vent rijkt me de hand.

'Goedendag, hoe maakt u het?'

Jij, mijn beste, jij hebt ook een tekst van niks en je speelt je rol te dik, daar gelooft niemand in. Het kan je geen donder schelen of ik het goed maak of slecht en als jij het voor het zeggen had, zou je misschien willen dat ik het slecht maakte. Wie zal het zeggen...

Ik vraag niet wat hij drinken wil. Ik ben geen ober, maar een buurtapothekertje, meer niet.

Die kerel praat tegen me, geanimeerd, hij heeft een hoge dunk van de teksten van Béa (Béa?) en het doet hem veel genoegen ze te illustreren: *twee individuele verbeeldingen samenbrengen, wegen vinden, deuren openen, ramen openstoten...*

Zijn gezicht mag dan niet helemaal af zijn, deze vent is hier en daar al te overdadig voorzien van dialogen. Zijn verhaal over opengestoten deuren en ramen staat me helemaal niet aan, ik ben bang voor tocht. Ik heb het koud.

'Goed... handelen jullie je zaken maar af, ik ga Marianne ophalen.'

'Ik stond op het punt te vertrekken,' zegt de kunstenaar terwijl hij zijn jasje oppakt.

'Ik laat je uit, Martin,' zegt Béatrice onmiddellijk.

En, tegen mij: 'Blijf jij maar hier, Ben, ik haal Marianne gelijk ook op.'

Inderdaad, even lette ik niet op, ik was het reglement vergeten: zíj haalt Marianne op, dat recht heeft zij alleen.

Martin geeft me nog een keer een hand, een slap handje. Kun je daarmee tekenen?

Daar staat Béatrice, groot, mooi, met het silhouet van een mannequin... en chic in de kleren. Subtiel opgemaakt, verleidelijk zonder schreeuwerig te zijn. Voor haar sieraden geldt hetzelfde. Alles aan haar is smaakvol... Alles in de juiste mate. Haar beeldhouwer heeft zijn karwei geklaard, dat is zeker, kosten noch moeite zijn gespaard. Ik kijk naar haar. Béatrice is op haar paasbest... vanwege die Martin?

'Tot straks,' zegt ze.

'Een prettige avond,' zegt hij.

Ik weiger de tekst van de scenarioschrijver: Insgelijks. Ik improviseer: 'Een goede thuisreis,' niet echt veel beter. Maar improviseren doe ik zo zelden.

De artiesten verlaten het pand.

Ik ben alleen in de keuken.

Een paar minuten alleen. Ik ben nooit alleen, behalve in de badkamer.

Er is altijd iemand. Iemand om aan te kijken, zinnen om uit te spreken.

Nooit alleen?

Dat is niet zo zeker...

In elk geval is er niemand die me ziet, hier, nu. Dus nu kan het. De aandrang heb ik al zo lang.

Ik sta het mezelf toe. Vooruit, vooruit, doe het, laat je een keertje gaan.

Ik ga zitten op de keukenkruk, waar Marianne op klimt om bij de kastjes te kunnen.

Ik ga zitten met mijn ellebogen op tafel en neem mijn hoofd tussen mijn handen.

Ik sluit mijn ogen.

Met mijn hoofd tussen mijn handen en met stilte om me heen, voel ik me goed.

Ik denk nergens aan...

Als je zegt dat je nergens aan denkt, wil dat zeggen dat je denkt aan een heleboel dingen, dingen zonder verband, zonder samenhang, die alle kanten uit gaan...

Ik denk aan sportlieden die zich afzonderen, zich concentreren, vlak voor de wedstrijd. Die maken zichzelf leeg, schijnt het. Ik zou er eerder behoefte aan hebben mezelf vol te maken.

Ik denk aan de salontafel met zijn holle binnenkant, die tafel die mijn evenbeeld is.

Ik denk aan die tekenaar, die zo slordig getekend is.

Ik denk dat hij wel wat in Béatrice ziet, dat is normaal, gebruikelijk, niet verbazend. En niets om emotioneel van te worden. Hij ziet wat in haar omdat hij zijn ogen niet in zijn zak heeft, nou en? Zijn beeldhouwer heeft hem dus niet helemaal verknoeid, des te beter voor hem.

Ik denk dat Béatrice ook wat in hem ziet. Hij lijkt me wel haar type. Ik denk dat me dat ongerust zou moeten maken. Dat ik me op zijn minst zou moeten afvragen hoe de zaken staan, in het ergste geval jaloers zou moeten zijn. Zij voelt zich tot hem aangetrokken, nou én? Is dat iets waar je bewust voor kiest? Ze ziet wat in hem, des te beter voor hem.

Ik denk dat er iets mis is: dat Béatrice zich tot een andere man aangetrokken zou kunnen voelen, dat raakt me niet. Ik zeg: O ja? of: Werkelijk? Dat is een nogal flauwe reactie. Dat is helemaal geen reactie.

Ik denk dat, als Béatrice met die onaffe vent naar bed ging, ik me zou afvragen of hij dan getracteerd werd op hetzelfde circus als ik, dezelfde scenario's, hetzelfde vocabulaire, of dat ze in dat geval aan innovatie zou doen. Ik zou me afvragen of hij daarvan houdt, van dat circus. Ik zou me ook afvragen of ze bij hem ook schreeuwt. Na 'Luister, Benjamin!', 'Luister, Martin!'? Niet echt een grote verandering.

Ik denk dat ik een moderne man ben: de huwelijkse trouw van mijn vrouw laat me onverschillig.

Ik denk dat ik als ze met hem naar bed ging, verlost zou zijn van die avondlijke ceremonieën waarbij ik me iedere keer weer ontroostbaar afvraag: wanneer komen we aan de liefde toe? Liefde, in plaats van gymnastiek; liefde, geen oorlog...

De gedachte dat ik een mannelijk sexobject ben, daar moet ik om glimlachen.

Ik denk dat ik mijn eventuele plaatsvervanger zou moeten waarschuwen, uit solidariteit: pas op, gevaar.

Ik denk dat ik...

Rillingen overal, ijsblokjes op mijn vel... Marianne. Waar blijft Marianne bij dat alles?

Alle mannen van de wereld mogen met Béatrice naar bed, als ze daar zin in hebben. Maar als Marianne een tweede vader krijgt, een plaatsvervangende vader, dan zeg ik nee! Nee... En dan denk ik aan Aimé, aan zijn les.

Voetstappen; stemmen klinken...

Ik neem mijn hoofd uit mijn handen. Ik sta op en maak me klaar om de tafel te dekken.

'Papa!'

Ik doe alsof ze me stoort in mijn bezigheden: 'Pas op, kuikentje, ik dek de tafel,' dan neem ik haar in mijn armen en til haar omhoog, heel hoog, dat vindt ze heerlijk.

'Nog een keer, papa!'

Tegen het plafond, dat vindt ze het einde.

'Nog één keer dan, goed?'

Ik zet haar neer, ze vertelt... Ze heeft ruzie gemaakt op school, nee, een ander maakte ruzie, maar
omdat één van beide partijen een vriendinnetje is,
is ze erbij betrokken geraakt en de anderen hebben
alles door elkaar gehaald en gezegd dat zíj de ruzie
begonnen was... het is ingewikkeld. Het kost me
moeite alle verwikkelingen te volgen, ik krijg een
nogal warrig beeld van de hele kwestie. Ik sta op
het punt haar te vragen het nog eens uit te leggen,
maar...

'Benjamin, ik heb de hele middag met Martin gewerkt, ik heb nergens tijd voor gehad. Kun je alsjeblieft een pizza gaan halen?'

'Ik... Ik heb niet zo'n zin in pizza, begrijp je. Ik
maak wel een omelet.'

'Ik hou niet van omelet, daar heb ik er te veel van
gegeten toen ik klein was.'

'Dan maak ik wel pasta...'

Ze zucht.

'Doe je dat om me te ergeren, Benjamin?'

Ik schud met mijn hoofd.

'Oké, wees dan eens lief en ga een pizza halen,
dat is toch beter dan een bord pasta!'

Dat weet ik nog niet zo zeker.

'Wil je absoluut pizza eten, Béatrice?'

Ze glimlacht, de glimlach van een schooljuf-
frouw tegen een minderbegaafd kind, dat wel aardig, maar een beetje traag is, een welwillende glimlach.

'Ja! Dat is prettig, een pizza, gezellig. Ga nu maar!'

'Als jij een pizza wilt, oké, maar ga die dan maar halen...'

'Wat?'

Majesteitsschennis.

'Ik zei: jij kunt hem ook gaan halen, je weet waar het is.'

'Wat heb je ineens, Benjamin, dat je op zo'n toon tegen me praat?'

'Niets. Ik heb niets. Alleen, als jij een pizza wilt, dan haal je hem zelf maar.'

'O Benjamin, je stelt me teleur! Wat jij wilt is je benen onder tafel steken. Je moet bij de tijd blijven, mijn beste: dat is voorbij, dat gedoe! Hoe het bij je ouders was, dat kun je vergeten! Vergeet het maar! Dat is voorbij!'

Het geschreeuw begint.

Marianne verstopt zich in haar kamer: na de ruzie op school nu ruzie thuis... welke van de twee is in haar ogen het ingewikkeldst?

'De ondergeschiktheid van de vrouw, Benjamin, dat is verleden tijd!'

'Dat weet ik wel...'

'Wil je daarnaar terug? Zou je dat prettig vinden? Zou je willen dat ik je bediende? Dat ik je gehoorzaamde?'

'Nee, dat zou ik niet willen, Béatrice... Dat ik een man ben maakt me niet automatisch tot een macho.'

'Dat verhaal kennen we. Van achteren naar voren! Ik ben voor de gelijkheid van de sexen, maar! Altijd een maar! Ik ben je gelijke, maar!'

'Schreeuw niet zo, alsjeblieft…'

'Ik schreeuw niet!'

'Jawel…'

'Ja, dat is makkelijk! Zo gauw ik zeg wat ik vind, schreeuw ik! Dat is vluchtgedrag, Benjamin, typisch vluchtgedrag. Jij zegt dat ik schreeuw om niet naar me te hoeven luisteren! Maar… Wat doe je nu? Waar ga je heen?'

'Ik vlucht.'

Ik doe de deur van de slaapkamer open.

'Benjamin, kom terug!'

'Nee, ik kom terug als je gekalmeerd bent.'

'Praat zo niet tegen me… Je weet niet wat me dat doet… Dat is…'

Haar stem trilt, haar woorden sterven weg…

Ik sta, gespannen, bij de slaapkamerdeur.

Ik wacht…

Ik luister…

Snikjes, zulke lieve snikjes… Ik vervloek Aimé en zijn ideeën; hij is het die mijn vrouw aan het huilen maakt, indirect. Ze is kwetsbaar, ze is gevoelig… En dat alles om geen pizza te hoeven halen! Nou ja!

Ik ga naar haar toe.

Ze huilt zachtjes, als een heel klein kind. En ik ben de oorzaak van dat verdriet.

'Ik wilde je geen verdriet doen, het spijt me zo…'

'Je vergist je in me, Benjamin, je denkt dat ik hard ben, dat ik ongevoelig ben, maar ik ben… Mijn zenuwen liggen zo aan de oppervlakte. Als jij on-aardig tegen me doet, dan is het alsof je me slaat, dan voel ik me als verpletterd.'

Ze richt een hulpeloze blik op me. Een roep om hulp.

Ik veeg haar tranen droog, zeg dat het over is, kom, om zoiets kleins gaan we toch geen ruzie ma-ken, het is veel te verdrietig voor Marianne om dat aan te moeten horen...

Ze knikt, sierlijk.

'Ja... Ieder moet zich inspannen... Zich realise-ren dat we niet te veel van de ander moeten eisen... Opletten dat we de ander geen pijn doen... Zie je, dat is wat Aurélien niet kon opbrengen.'

Aurélien? Alweer? Waarom komt die niet hier wonen, als we het in dit huis toch over niemand anders hebben?

'Benjamin, ik ga Marianne troosten, elke keer dat je onaardig tegen me bent is die verdrietig, weet je. Ze begrijpt het niet: ze heeft een heel lieve papa, en dan ineens maakt die mama aan het huilen. Daar raakt ze van in de war. Ze identificeert zich natuur-lijk met haar moeder... Ik troost haar en ondertus-sen ga jij de pizza halen, we moeten niet te laat eten, morgen moet ze weer naar school...

Met haar hand op de deurknop van Mariannes kamer gunt ze me een halve glimlach, als van een herstellende zieke; ze glimlacht naar me, welwil-lend, kwetsbaar en gracieus.

'Ruzie maken om een pizza... Je bent echt onbe-
taalbaar, Benjamin...'

Ik vertrek.

Ik loop mijn neus achterna.

Zoals in mijn puberteit, toen ik me voorstelde,
terwijl ik onderweg naar huis was, dat ik ergens anders heen ging. Ergens anders heen...

Ik voel een soort aandrang om te vluchten...

8

De braadpan en het konijntje

Ik ben misselijk. Ik heb een soort knoop in mijn maag. Iets dat ik niet wegkrijg...

De Indiase keuken van vanmiddag?

Het zit me dwars.

Al bij mijn eerste poging is het misgegaan.

Ik krijg het gewoon niet voor elkaar nee te zeggen: meelijwekkend type.

De pizza is smerig. Karton, lood, beton. Oneetbaar.

Iedere hap is een opoffering, een straf. Toch eet ik, voor Marianne. Een hap voor Marianne, en nog een... Anders... Anders eet die haar stuk niet op, anders zegt ze: Ik lust ook niet meer. Dan vindt ze dat het mag; dan heb ik het voorbeeld, het slechte voorbeeld gegeven. Als ze haar bord niet leegeet, krijgt ze niets anders, geen toetje, geen yoghurt, niets – als je je bord niet leegeet, dan heb je geen honger meer, naar het schijnt.

Ik kan niet meer. Een overdosis aan pizza. Ik leg mijn mes en vork neer, dan maar geen toetje.

'Het is werkelijk iets gezelligs, zo'n pizza! Echt feestelijk! Mijn moeder was allergisch voor de gedachte wat dan ook aan "kant-en-klaars" te kopen. Voor haar was een vrouw die kant-en-klare gerechten kocht een slechte moeder, die niet in staat was zich in te spannen om haar gezin te voeden. Ik droomde ervan een echte pizza te eten, net als mijn vriendinnetjes, maar zij moest ze per se zelf maken. En het resultaat: geen pizza's, maar tomatenvlaai! En dat allemaal omdat ze zich niet over zo'n soort schuldgevoel kon heenzetten. Compleet achterlijk! Zie je het voor je, Benjamin...?'

Ik zie het voor me. Marianne, wees maar blij: je moeder gunt je alle pizza's die haar in haar kindertijd onthouden zijn. Is dat boffen, geluksvogel! Drie keer in de week pizza, wat een genot! Drie keer in de week is het feest hier in huis. Bedank je moeder maar, lieverdje. En ik durf te wedden: jouw kinderen zullen het net als je moeder zonder pizza's moeten stellen, omdat jij er niet aan moet dénken. Zo zullen je kinderen je kleinkinderen ermee overvoeren, en zo maar door, zo begint alles weer opnieuw. Een van elke twee generaties wordt er een van pizzahaters en de volgende een van pizzamaniakken.

'Je zit zo te peinzen, Benjamin, waar denk je aan?'

'Aan het generatieconflict.'

'En bederft dat je eetlust? Eet je niet meer?'

'Nee, ik... Ik ben misselijk, ik krijg niets meer door mijn keel.'

Onmiddellijk schuift Marianne haar bord van haar af. Overheerlijk? Kom nou!

'Ik ben ook misselijk, ik lust niet meer, mama.'

'Marianne, eet je bord leeg!'

'Ik ben misselijk...' zegt ze met zo'n klein stemmetje dat ik er zelf ook, zij het op een heel andere manier, niet lekker van word.

'Jij was niet misselijk toen je vader je nog niet op het idee gebracht had. Dus eet op!'

'Ik ben zo misselijk...'

'Marianne, hou daar mee op! Eet je pizza!'

Marianne opent haar mond en sluit hem ook onmiddellijk weer, zonder iets te zeggen.

Dan zie ik het tussen haar oogleden door glijden, langs haar wang naar beneden, ik zie dat druppeltje traanvocht, heel discreet, heel licht. En zo zwaar. Ben ik op de wereld gekomen om zo'n lief klein meisje te laten huilen?

En waarom ook alweer? Omdat ze de derde pizza van deze week gedwongen naar binnen moet werken. Die traan, dat is de bekende druppel. De emmer loopt over.

Ik buig me over naar Marianne, ik praat heel zacht tegen haar.

'Als je misselijk bent, liefje, eet dan maar niet meer.'

Ik pak haar bord en het mijne, en breng ze naar de keuken, richting vuilnisbak.

Béatrice komt achter me aan.

'Wat jij daar doet, Benjamin, dat is ongezond. Je ondermijnt mijn gezag, je keurt goed wat ik verbied, je... Je keurt openlijk af wat ik doe, je... Je...'

Nee hè! Geen tranen meer! Geen snikken! Anders ga ik ook huilen. Waar lijkt het op, als we alledrie huilen? En wie moet ons komen troosten?

'Het spijt me erg, Béatrice. Het was niet om je gezag te ondermijnen. Ik kan niet van Marianne vragen dat ze haar bord leeg eet als ik dat zelf niet doe.'

Een, twee, drie tranen.

Ik zie ze niet. Ze zijn er niet.

'Wil je een yoghurtje, Béatrice? Wat fruit?'

'Ik heb geen honger meer...'

Een, twee, drie snikken. Ik hoor ze niet.

Ik pak een yoghurtje, suiker, een koekje en breng dat naar Marianne.

En ik babbel met haar. Wat is er voor nieuws op school, behalve die ruzie? Een jongetje heeft heel hard gehuild in de pauze; ze wilde hem wel gaan troosten, maar ze durfde niet; ze wilde niet dat zijn verdriet op haar oversprong.

Ik sta op het punt te zeggen dat iemands verdriet niet zo op je kan overspringen, maar ik bedenk me. Mariannes verdriet springt altijd zo makkelijk op mij over...

Dan krijgen we bezoek: Béatrice.

Zij ruimt de tafel af zonder iets te zeggen, met natte ogen, een droevige blik, een ontsteld gezicht. Jij bent zelfs knap als je huilt, je tekenaar zou onder de indruk zijn... maar ik neem je verdriet niet van je over. Ik heb genoeg aan het mijne.

Marianne wordt gewassen; rustgevende stilte.

Marianne wordt naar bed gebracht; fijngevoelige stem van Béatrice; voorspellingen van het plafond.

Nachtzoenen, hoop...

'Benjamin, we moeten ophouden ruzie te maken over zulke onzindingetjes, helemaal als Marianne erbij is.'

Ben ik het mee eens.

'Laten we vrede sluiten, lach eens naar me, konijntje van me.'

Zie ik eruit als een konijn? Wie weet. Als ik de braadpan in moet...

'Lach eens naar me, Ben, ik hou van je.'

O ja?

Ze streelt mijn wangen, woelt met haar hand door mijn haar. En ik voel me ongeveer als een ijsklomp. Of een diepvrieskonijn. De tekenaar zou zo graag mijn plaats innemen.

'Ik ga koffie zetten, Benjamin, voor jou ook?'

'Nee, dank je.'

'Ga toch eens zitten, het lijkt wel of je op bezoek bent.'

Dat heb je goed gezien.

'Je hebt me er niets over verteld, hoe was je lunch met dat vette varken?'

'Goed...'

'Ik vraag me af hoe je hem iets te zeggen kunt hebben.'

'Dat lukt...'

'Heb je het met hem gehad over een eventuele apotheek diet te koop zou zijn? Ik wed dat je dat weer vergeten bent.'

'We hebben het erover gehad, maar hij moet er al een zoeken voor zijn neef. Je begrijpt wel dat als hij iets hoort, zijn neef voorrang heeft.'

'Zijn neef? Maar is die apotheker?'

'Ja, als hij bakker was zou hij een bakkerij zoeken.'

'Benjamin, ik heb moeite je te geloven. De neef van dat vette varken, is die toevallig apotheker, en wil die ook voor zichzelf beginnen?'

'Vraag het hem zelf maar, als je me niet gelooft.'

'... Dus wat had-ie te vertellen, dat vette varken?'

'Vettevarkensverhalen, dus niets interessants... En je tekenaar?'

'Martin? Die is ge-wel-dig! Heel creatief. Zie je... Sylvie, ik vond haar tekeningen wel aardig, maar... ik had geen *voeling* met haar. We zaten niet op dezelfde golflengte. Martin en ik, wij begrijpen elkaar onmiddellijk.'

Sylvie had een grote handicap om het te vinden met Béatrice: zij was een vrouw. Dat is haar dood geworden. Borstkanker. Sylvie, met haar chemokuur, haar vermoeidheid, haar gekelderde moraal, dat was uiteindelijk niet meer uit te houden... Béatrice heeft liever een mannelijk en goed gezond publiek.

'Ik was op Sylvie gesteld, dat weet je wel, Benjamin, maar het werd morbide, het was te zwaar, ik raakte zo depressief als ik haar zag. Daar ben ik te gevoelig voor.'

Ik had het zien aankomen. Béatrice en ik, wij vormen een hecht paar: wij lezen elkaars gedachten. Ik kan raden wat ze zal gaan zeggen. Dus waarom neemt ze nog de moeite om met me te praten?

'Kom, geef me een zoen, als teken dat we het bijgelegd hebben. Weet je, het is normaal dat we ruzie maken, mannen hebben moeite de vrouwen van vandaag de dag te begrijpen, die zijn veranderd, ze willen zich uiten. De mannen moeten zich aanpassen en daar hebben ze soms moeite mee. Zie je, het stelt niets voor wat er tussen ons gaande is. Dat zijn de kleine ongenoegens van een doodgewoon echtpaar. En toch houden we van elkaar, Ben... kus me...'

Ik denk aan een braadpan, aan een konijn in een braadpan. Dan zie ik mezelf een aanklacht indienen wegens sexuele agressie: de spot van hilarische politiemensen, consternatie als ze ontdekken wie de agressor is – 'een schoonheid; wat heeft die vent te klagen? ik zou wat graag door zo'n stuk worden geagresseerd, het is werkelijk boter aan de galg.'

Ik druk een kuise kus op haar voorhoofd.

Ze grijpt me beet, klemt me zich tegen zich aan, perst haar tong in mijn mond en draait hem alle kanten op. Béatrice heeft een dikke tong, het lijkt wel of ze er meer dan één heeft. Onprettig, die manier van haar om in mijn mond rond te tasten, en zo ruw, het doet bijna pijn.

Eindelijk laat ze me los.

'Dat was nog maar een voorproefje, konijntje van me... Straks komt de echte maaltijd.'

Uitstel, ik profiteer ervan om te lezen.

Als ik lees, doe ik dat alleen. Ik lees in bed. Béatrice zegt dat een bed is om te slapen, om de liefde te bedrijven, maar niet om te lezen. Ikzelf, ik neem de schrijver mee naar bed, dat is intiemer.

Dus lees ik, of dat probeer ik: met moeite, met veel moeite. Om de twee regels lees ik 'konijn', of 'vet varken', of 'pizza', of 'braadpan' of 'apotheek'. Ik begrijp niets van wat er in het boek verteld wordt. Ze geven ook alles maar uit. Plotseling lees ik 'leren om nee te zeggen'. Misschien is het wel het verhaal van een konijn dat nee zegt tegen een braadpan en van een vet varken dat pizza's verkoopt in een apotheek. Ik doe het boek dicht. Ik hou niet van dit soort verhalen.

Als Marianne niet al sliep zou ik een verhaaltje van haar stelen over een prinses. Een heel lieve prinses, die zachtjes praat en nooit huilt.

Ik doe het licht uit en neem het kussen in mijn armen, niet te stijf, alsof het een prinses is, een heel lieve prinses vermomd als kussen, zodat ik met haar kan slapen zonder last te krijgen. Een prinses met wie ik de liefde zou bedrijven, eindeloos teder. Stel ik me voor...

Ik droom zo'n beetje.

En ik bid de hemel: moge de slaap me te pakken krijgen vóór de braadpan.

9

Het lijden van een doodgewoon konijn

Ik heb de hemel vergeefs gebeden en voor niets gedroomd. Daar komt de braadpan.

Het is een vastbesloten braadpan en ik ben maar een arm konijntje... Dat is droevig. Als ik het niet zelf al was zou ik verdrietig worden als ik me met mezelf identificeerde. Maar dat zegt niets. Als konijn stel ik niets voor. Ik ben niet meer dan een zielig hoopje konijn...

Als ik schrijver was zou ik het verhaal schrijven van een arm konijntje dat door een braadpan, van metaal en heel hard, achterna gezeten wordt. Het zou heten *Het lijden van een doodgewoon konijn.* Omdat ik gemiddeld grote oren heb en geen spoor van snorharen, zou niemand raden dat het om een autobiografisch verhaal ging. Maar het arme konijntje zou heel lief, heel aanminnig gevonden worden – vooral door zachtaardige vrouwen, ik ben er zeker van dat die bestaan – en dat zou me een beetje troosten.

Ondertussen gaat de braadpan tot de aanval over: 'Kom, konijntje van me, kom eens hier…'

Ik speel voor doof konijn.

Maar gelijk al is mijn hand gekidnapt en op de aangewezen plaats geborgen. Zoals gewoonlijk…'

'Ik heb een erotisch boek gelezen, heel opwindend, ik ben heet, ik ben er klaar voor, neem me, doorboor me, laat me exploderen, geef me ransel met je toverstok, ik wil het! Veel! Veel!'

Mijn toverstok? Buiten dienst. Defect. En zij gaat maar door over beesten, over een razend opgewonden poesje en een heel ondeugend konijntje. Het is komisch. Ik heb zin om in lachen uit te barsten. Bij wijze van vlucht.

Zij gaat aan de gang met mijn toverstokje, heftig, wrijft het op alsof het glimmen moet. En beknort me: 'Hoor eens, konijntje van me, doe eens wat, kom in beweging, raak me aan, vinger me…'

'Ik heb niet zo'n zin…'

'Natuurlijk, je bent geremd alsof het je eerste keer is! Trek krijg je onder het eten!'

Ze drukt mijn hand op haar borst, beweegt hem hard heen en weer, vraagt me of haar borsten soms lelijk zijn.

Ze heeft heel mooie borsten, dat weet ze heel goed, maar dat verandert niets. Ik vervloek het feit dat ik twee handen heb. Al met één…

'Neem me, Benjamin, neem me als een wilde,

dat is mijn fantasie. Kom, mijn wildeman, bespring me!'

'...Nee.'

'Wat?'

'Nee.'

Ze gaat rechtop zitten. Doet het licht aan. Gooit de dekens van zich af, toont haar naakte lichaam.

Ik geniet van de voortijdige bevrijding van mijn twee handen, die zich onmiddellijk in elkaar haken, om elkaar wederzijds te troosten.

'Ben ik niet begeerlijk?'

'Jawel.'

'Maar jij hebt geen zin?'

'Nee.'

'Weet je wel dat een hoop kerels zó met je zouden willen ruilen?'

'Daar twijfel ik niet aan.'

'Sta ik je tegen?'

'Nee.'

'Ik begrijp het al: jij wilt me straffen vanwege de geschiedenis met die pizza. Dat is chantage: als ik geen ja en amen zeg op alles wat jij wilt, dan wreek je je in bed. Dat is kleinzielig, Benjamin. Dat doet me denken aan het gedrag van Aurélien.'

Dat heeft lang geduurd...

'Wilde Aurélien niet meer met haar naar bed?'

'Nee, maar Odile had er genoeg van. Hij deed het automatisch, mechanisch, fantasieloos, zonder eigen inbreng. Ze had het gevoel dat ze een neukzak was. Hij neukte als een konijn.'

O? Vertellen vrouwen elkaar dat soort vertrouwelijkheden?

'En jij? Wat zeg jij? Hoe vertel jij over "Benjamin in bed"?'

'Zo ben ik niet, ik ben terughoudend, ik vertel niets of ik zeg dat je aandacht hebt voor mijn fantasieën, dat je rekening houdt met het genot dat ik beleef. Dat wil zeggen: tot nu toe. Je bent veranderd, de laatste tijd, het kan je niet meer schelen wat ik voel... Het genot van de man gaat niet vóór dat van de vrouw! Dat begreep Aurélien niet. Die dacht alleen aan zichzelf, dat kon zo niet doorgaan. Als tussen twee mensen de sex doodgaat, dan sterft ook de tweeëenheid tussen hen. Er was niets dat Aurélien en Odile nog samenhield.'

'Was hij van de twee degene die stuurde?'

'Wat? Odile heeft nooit haar rijbewijs gehaald. Maar ik zie het verband niet.'

'In bed. Wie van de twee stuurde daar?'

'In bed...? Ik zie al waar je heen wilt: omdat ik mijn fantasieën tot uitdrukking breng, voel jij je opzijgezet! De vrouw zou haar plaats moeten kennen, haar benen wijd doen als meneer dat wenst, hem naar eigen goeddunken het zaakje laten klaren en zich gelukkig prijzen? Dat is voorbij! Geweest! Ik uit mijn verlangens, zo is dat. En als dat je niet aanstaat...'

Suspens! Ik wacht. Als dat me niet aanstaat, begin ik dan een comité ter verdediging van het machismo?

'Als dat je niet aanstaat... dan heb je pech.'

Is dat alles? Ik ben bijna teleurgesteld.

Maar niet lang.

'Benjamin, als we uit elkaar gingen, zou dat mijn hart breken. Je zou ver van Marianne moeten leven, dat zou je, denk ik, vreselijk vinden...'

Stilte. Ik ben bij die woorden: uit elkaar, Marianne, ver weg, vreselijk...

'Je begrijpt wel, Benjamin, dat ik niet hier kon blijven, als jij me verliet... Dan zou ik naar daarginds gaan...'

Ik voel een rilling. Van angst.

'Daarginds?'

'Ja, dan zou ik teruggaan naar mijn familie, dat zou beter voor me zijn.'

Begrijp ik het goed? Nee toch, nee...

'Daarginds? In Guadeloupe?'

'Waar anders? Daar heb ik het belangrijkste deel van mijn familie. Ik zou niet kunnen leven van wat mijn boeken opleveren, ik zou daar een baan moeten zoeken, mijn moeder zou op Marianne kunnen passen, ik zou me er gesteund, bijgestaan voelen.'

'Je... Je maakt toch een grapje?'

'Helemaal niet, dat zou de enige oplossing zijn.'

'En je boeken? Je zou niet zo ver weg kunnen...'

'Nou ja, Benjamin! Blijf toch een beetje op de hoogte, internet is uitgevonden, bedoel ik maar. Een reis per jaar zou genoeg zijn. Als dat in de schoolvakanties valt, dan zou Marianne mee kunnen komen, dan zou jij haar veertien dagen bij je kunnen hebben...'

Veertien dagen? Ik heb het koud. IJskoud.

'Béatrice, je maakt toch een grapje? Gedeelde voogdij, is dat geen...'

'Nu maak jij grapjes! Als je mij verliet dan was gedeelde voogdij uitgesloten! Omdat mijn familie in de koloniën woont en Marianne klein is, zou ik zonder probleem de voogdij toegewezen krijgen, jij zou haar een maand mogen zien in de grote vakantie, zo zit dat nu eenmaal... Ik kan er niets aan veranderen. Als jij me verliet dan waren de consequenties voor jou, denk je niet?'

Ik denk niets meer. Een klap met de hamer. En zoals mijn stem naar buiten komt! Vreemd, vreemd... ook voor mij onherkenbaar.

'Ben je daar zeker van? Ben je zeker van wat je daar zegt, Béatrice?'

'Ja. Odile heeft een vriendin die advocaat is, en toen jij begon je... van mij af te zonderen, toen heb ik me door haar laten voorlichten.'

'Ik bedoelde: weet je zeker dat je bij je familie in de buurt wilt gaan wonen?'

'Ja, als ik alleen ben met Marianne, als jij me verlaat... dan heb ik de troost van mijn familie, de steun van mijn moeder nodig.'

De steun van haar moeder? Zo gauw ze maar vijf minuten de tijd heeft, gebruikt ze die om haar moeder te denigreren. Zegt ze dat die haar leven heeft verpest, dat die haar nooit heeft begrepen... en bij haar zou ze gaan wonen? Met Marianne...

'Ben je nu gehecht aan je moeder, zo ineens?'

Ze slaat haar ogen ten hemel en haalt haar schouders op. Meestal begint ze met haar schouders... Dus ze is ergens over in de war.

'Mijn moeder zou er zijn om me te steunen. Dat ik niet met haar overweg kan, dat is sinds ik met jou samen ben.'

Dat is iets nieuws.

'Benjamin, ik had het je liever niet gezegd, maar mijn moeder vindt je te slap, te traag, niet rijp genoeg om een kind op te voeden. Bij jou zou Marianne een slechte opvoeding krijgen: je kunt haar niets weigeren.'

O...

'Vind jij dat ook?'

'Het spijt me, Benjamin, ik ben het niet graag met je oneens, maar het is waar. Bij jou zou Marianne tot op het bot worden verwend: je kunt geen nee zeggen.'

Kijk... Nu is ze het een keer eens met een vet varken...

'Jij moet een nieuwe levenshouding vinden, Benjamin. Vandaag de dag kunnen vrouwen niet meer verdragen wat hun moeders hebben doorstaan. Onderworpenheid van onze kant?... kun je vergeten. Ik heb recht op een eigen mening, ervoor uit te komen. En om gehoord te worden. Soms, weet je... Soms is het alsof ik niet besta... Dat is om wanhopig van te worden, ik praat in de leegte, jij houdt geen rekening met wat ik zeg.'

'Als je het erover hebt een winkel te kopen, bijvoorbeeld?'

'Een apotheek! Alsjeblieft! Je hebt geen kruide-
niersdiploma. Als ik erover praat een winkel te
kopen... een apotheek, bedoel ik... of als ik zeg wat
ik prettig vind, in bed, dan... Dat interesseert je niet.
Als ik het altijd met je eens was, dan zou je misschien eens naar me luisteren...'

Plotseling drukt ze zich stijf tegen me aan.

'Benjamin, ik ben op je gesteld, ik wil dat we
samen blijven... Ik wil je niet scheiden van Marianne. Als ik er alleen maar aan denk, breekt mijn
hart. Odile zegt dat Aurélien onherkenbaar is, hij
mist zijn kinderen te erg...'

Aurélien? Die neukt als een konijn?

En dan, die heeft ze om het weekend, Aurélien,
geluksvogel... Wat heeft die te klagen?

'Als jij bij me wegging, dan was ik zo ongelukkig.
Ik zou me in de steek gelaten voelen.'

In de steek gelaten? Weggaan? Wie gaat er weg bij
wie? Ik weet het niet meer.

'We redden het wel, Benjamin, als jij je een beetje
inspant... We houden van elkaar, dat is het belangrijkste.'

Is dat liefde?

Ik had het anders gedroomd. Mooier, met meer
tederheid, zachter...

Ze doet het licht uit.

Haar tong in mijn mond. Compleet onderzoek

van mijn mond. En haar handen en haar adem...

'Kom, Benjamin, bedrijf de liefde met me, dan vergeef ik je...'

'Wat vergeef je me?

'Dat je me aan het huilen hebt gemaakt... Kom, laat je gaan, wees agressief, daar hou ik van...'

Ik niet. Geen geweld, geen gevecht, geen oorlog, geen overwinnaar. Ik kan het niet. Mijn hart draait om... van misselijkheid, van walging.

'Kom, laat me je vergeven, konijntje van me...'

Konijntje... Hoe is dat, neuken als een konijn? Wie weet is dat wel prettig, aangenaam, vredig...

'Het gaat niet, Béatrice. Ik voel me niet goed, ik ben misselijk.'

'Ligt de lunch met dat vette varken je te zwaar op de maag?'

'Vast. Ik zou het anders niet weten...'

'Probeer het, om me een plezier te doen. Me een plezier doen... Is dat niet prettig, me een plezier doen? Kom Ben, kom op me liggen, neuk me...'

'Nee... Ik ben te misselijk.'

'Neem dan iets in! Kom! Benjamin! Je bent niet voor niets apotheker!'

Overhaast stap ik uit bed.

Net op tijd haal ik de badkamer.

En ik leeg me.

Ik leeg mijn buik, ik leeg mijn hart. En ik trek door.

Ik was mijn gezicht, nog eens en nog eens. Ik doe

de deur op slot en ik blijf hier, in de badkamer, op de grond, met mijn hoofd tussen mijn handen. Lang.

En eindelijk ... Eindelijk lukt het.

Eindelijk huil ik.

Heel zacht. Een heel klein buitje. Een jongen huilt niet hard, die heeft dat niet geleerd.

Ik huil bescheiden.

Ik huil.

Met mijn hoofd tusssen mijn handen.

10

Filosofie als liefdesstimulans

Ik kom thuis met mijn tasje in de hand. Mijn tas-je... mijn geheimpje. En wat voor een geheim! Ik denk interessante dingen te zullen beleven...

Béatrice heeft me vanmorgen gevraagd in de boek-winkel in de buurt langs te gaan en te kijken of *Poep en plas* daar nog altijd op de planken staat. En ja-wel! Het was een vreemde sensatie in zo'n openba-re gelegenheid iets zo vertrouwds tegen te komen, iets dat op Mariannes nachtkastje lag en waarvan ik het ontstaan had meegemaakt.

De boekhandelaar dacht dat ik een potentiële koper was. Gênant, vond ik. Ik zei: 'Nee nee, ik kijk alleen maar...' Hij dacht dat ik aarzelde, maar volgens hem was daar geen reden voor: 'Weet u, dat boek, daar zien de ouders meestal meer in dan de kinderen.' Ik knikte ernstig en legde *Poep en plas* terug op zijn plaats.

Ik liep wat verder en liet mijn ogen dwalen, alsof ik op zoek was naar een boek; dat was niet meer dan gewoon een afleidingsmanoeuvre voor ik discreet de winkel weer uit zou gaan. Ik voel me niet op mijn gemak bij dit soort missies die Béatrice me opdraagt zonder te vermoeden wat me dat kost. De gedachte te weigeren was zelfs niet bij me opgekomen, ik kwam er nu pas op. Ik had bijna automatisch toegestemd. Pas toen ik de deur uitging, bedacht ik spijtig dat ik nee had moeten zeggen. Nee, ga zelf maar of vraag het aan iemand anders. Die brave Odile, bijvoorbeeld...

In de apotheek verloopt mijn training goed: ik leer nee te zeggen. Ik overweeg verzoeken rationeel en als ze onredelijk zijn, weiger ik vriendelijk. In het begin waren er nog wel verbaasd, maar langzaam aan wennen mijn collega's eraan en ik word steeds minder voor een doetje aangezien. Ik sta verbaasd dat Aimé's simpele recept vruchten afwerpt. Ik heb het toegepast als spel. Om eens te zien. En ik heb het gezien...

Thuis daarentegen...

Als ik thuis een 'nee' zaai, oogst ik tranen, kreten en crises.

Door dat alles zei ik dus 'ja' tegen Béatrice zonder me verder iets af te vragen. En hier, in de boekhandel, realiseer ik me dat ik door gedwee toe te stemmen een crisis uit de weg ging. En dreigementen, altijd dezelfde...

Daar sta ik, ik denk aan dat alles, en ik kijk vagelijk naar de boeken. Maar de boekhandelaar wil me helpen: 'Zoekt u iets?'

Dat overvalt me. Ik zie geen uitweg uit mijn innerlijke tegenstellingen. Ik zie geen uitweg... Dus...

'Plutarchus.'

Ik moest toch íets zeggen, niet?

De boekhandelaar komt in de weer, knielt, zoekt onderin een kast. Als Plutarchus daar staat, dan zie ik daar een soort symbool in, maar ik weet niet welk. En ik heb geen tijd om erover na te denken.

'Ik heb hier nog één titel.'

De boekhandelaar komt weer overeind, reikt me een boek aan. Het is klein en elegant, maar het heeft een strenge titel: *Zonde en deugd, een bloemlezing uit de Moralia.*

'Neemt u het?'

'Ja!'

Ik hoor mezelf 'ja' zeggen op een merkwaardige manier, wilskrachtig, geanimeerd. Niet een manier die me vertrouwd is. Ik denk even aan Béatrice en ik beklaag haar: mijn gebruikelijke 'ja' is berustend, een onderdrukte zucht, fatalistisch toegeven... Nooit een vrolijk 'ja'.

Dus kom ik nu thuis, met mijn tasje in de hand, als een jochie dat in de snoepwinkel heeft rondgehangen: in die aankoop schuilt iets onbestemd subversiefs. Ik leg dadelijk mijn snoep op het deel van het bed dat mij is toebedeeld – voor vanavond.

'Ben jij daar? Je zou wel eens kunnen groeten!'

Ik ga erheen, ik druk een kus op het voorhoofd

van mijn vrouw. En in het voorbijgaan pak ik die kleine ondeugd op die me vanuit haar ooghoek in de gaten houdt. Ik til haar op: 'Hop Marjanneke, stroop in 't kanneke, laat de poppetjes dansen...'

Ik zing vals, maar ze vindt het toch leuk, ik geef haar een klapzoen en zet haar zachtjes weer neer.

'Benjamin... Je kijkt me nauwelijks aan als je thuiskomt. Marianne is de enige die voor je telt, ik ben er ook nog!'

'Wil jij ook tegen het plafond getild worden?'

Dat was stom! Dat had ik nooit moeten zeggen!

'Het plafond? Liever de hemel, als je het weten wilt. De zevende als het even kan. Afgesproken voor vanavond?'

Ik kijk naar het boeket dat op het buffet staat. Mooie bloemen, leuke kleuren...

'Of ben je alweer ziek? Wat mag het deze keer wezen? Je hoofd of je maag?'

Heel mooie bloemen, werkelijk. De bloemenwinkel heeft complimenten verdiend. Ik krijg er niet genoeg van ze te bewonderen. Plotseling voel ik me dicht bij de natuur. Krijg zin naar het bos te gaan, veldbloemen te plukken, naar de vogels te luisteren...

'Als je ergens pijn hebt, dan kun je me dat net zo goed nu dadelijk zeggen. Dus? Waar heb je pijn?'

Mooi, die bladeren om het boeket heen, dat is fris, dat is lenteachtig...

'Benjamin, ik praat tegen je.'

'Ja... Ik keek naar de bloemen, dat is... dat is een

mooi boeket…'

'Luister, je zult me niet geloven, die heeft Martin me gestuurd…'

Ik geloof haar op haar woord.

'Hij vond dat ik hem heel goed ontvangen heb…'

Ik geloof haar opnieuw.

'Hij wilde me bedanken. Ik denk dat hij erg tevreden is met mij te kunnen samenwerken…'

Ik geloof haar nog steeds.

'Zie je, dat boeket, dat is een uiting van beleefdheid, van hoffelijkheid. Het is een welopgevoed iemand.'

Nu geloof ik haar niet meer.

'Benjamin, terwijl ik Marianne ga ophalen… als je je niet te ziek voelt…'

'Marianne? Maar die is hier! Die is in haar kamer.'

'Ach ja! Ik weet niet meer waar ik aan toe ben met al dat gedoe…'

Al dat gedoe? De bloemen? De tekenaar?

'Natuurlijk is ze hier: jij vliegt op haar af, laat me je kussen, laat me je knuffelen, en ik ben een meubelstuk! Ik heb aandacht nodig… Jij hebt alleen maar aandacht voor Marianne.'

Het mag dan een boeket zijn van een slecht geschoren, onvoltooide tekenaar, evengoed zijn het mooie bloemen…

'Maar geef toch antwoord! Marianne zou je antwoord geven, dat weet ik wel!'

'Béa…'

'Noem me niet zo. Daar heb ik zo'n hekel aan, dat heb ik je wel honderdmaal gezegd.

'Béatrice... je moet niet jaloers zijn op Marianne, dat is...'

'Helemaal niet! Ik ben helemaal niet jaloers op Marianne. Jij simplificeert alles! Dat heeft niets met jaloezie te maken. Ik ben blij dat jij je graag met Marianne bezighoudt, maar ík heb ook aandacht nodig. En omdat jij dat niet horen wilt, zeg je dat ik jaloers ben. Dat is makkelijk! Ik word toch niet jaloers op zo'n klein meisje! Benjamin!'

'Goed... Vertel eens, hoe was je dag, vandaag...'

'Aandacht geven, dat is iets anders. Dat is naar me toe komen als je thuiskomt, me kussen, me met zorg omringen, voor me zorgen en zo... En antwoord geven als ik tegen je praat! En me aankijken! Jij kijkt al de hele tijd naar die bloemen!'

'Mooi zijn ze.'

'Dat heb je al gezegd. En ik? Ben ik dan niet mooi?'

'Jawel, jawel... Je bent mooi. Je bent heel mooi...'

Daarna...

Ik weet niet hoe ik me uit die toestand red. Gered door de gong, denk ik: etenstijd.

Dan het avondeten. Er is sinds die ene avond van pizza's geen sprake meer. Het mannetje beneden zal me missen... net als de hondenuitlaters, die gewend zijn me op straat tegen te komen. De afhaalchinees op de hoek heeft het overgenomen: hij bezorgt het bestelde binnen het kwartier nadat hij gebeld is. Marianne houdt wel van nems en kantonrijst. Nog wel.

Dan is er de avond, het veelzeggende plafond, de knuistjes van Marianne die de slaaphouding aannemen, haar hoofdje ondersteunen, welterusten kuikentje, tot morgen...

En dan wij tweeën...

Wij tweeën, Plutarchus en ik.

'Benjamin, ik heb je wel honderd keer gezegd dat het ongezond is om in bed te lezen. Kom hier bij mij, dan lezen we samen.'

'Ik lees liever in bed.'

'Wat lees je eigenlijk?'

Ze pakt het boek uit mijn handen, bekijkt het omslag en glimlacht toegeeflijk naar me.

'Benjamin...? Wil je voor intellectueel spelen met dat boek?'

'Nee, ik wil het lezen.'

'Je hebt nog nooit filosofie gelezen, is dat een plotselinge gril?'

'Het is nooit te laat om met iets goeds te beginnen.'

'Waarom heb je dit boek gekocht?'

'Omdat ik er zin in had. Trouwens, *Poep en plas* ligt nog steeds in de boekwinkel.'

'O ja? Ik was er zeker van dat je het zou vergeten! Ik heb je er zelfs niet aan durven herinneren uit angst dat je me zou afpoeieren, net als pas met die pizza. Ik zag het al voor me: Ga jij maar zelf! Dat was een schok voor me, toen. Sindsdien ben ik... gedesoriënteerd. Ik voel me kwetsbaar. Dat is omdat ik je aandacht nodig heb. Zo dus, ze hebben het nog... Hoeveel lagen er?'

'Daar heb ik niet naar gekeken. Niet aan gedacht.'

Er lag er maar één, dat weet ik, maar ik zeg het niet. Ik weet niet wat dat nu weer op zou leveren.

'Weet je het niet meer?'

'Nee, je had me niet gevraagd ze te tellen.'

'Je moet jou ook werkelijk alles zeggen...'

Ik pak mijn boek terug voor zij het in beslag neemt.

Het is alsof ze telkens een stapje achteruit doet, alsof het haar moeite kost me alleen te laten.

En op de drempel: 'Filosofeer maar lekker... Hoe dan ook, filosofie, dat kan alleen maar profijtelijk zijn voor iemand als jij.'

Iemand als ik?

Ze glimlacht droevig naar me, vertederend, als een klein, in de steek gelaten meisje, voor ze de deur achter zich dicht doet.

Vertederend... Ik wil me niet laten vertederen. Dat komt me al te duur te staan.

Plutarchus en ik. Eindelijk alleen.

Ik lees...

Ik sta op, ik pak een potlood, een blokje Post-it, en ik ga weer liggen.

Ik heb nog nooit in een boek geschreven. Dit is de eerste keer.

Ik lees.

Ik onderstreep, ik plak post-itjes.

Ik lees.

Ik lees niet meer. Ik sluit mijn ogen, ik denk na. En ik herlees, deze passage, of die. En nog een keer.

Ik lees.

En zo maar door...

Plotseling:

'Kijk aan, deze keer ben je niet in slaap gevallen. Bedankt, Plutarchus. En, heeft je dat krachten gegeven, zo'n beetje filosofie? Klaar voor wat minder spiritueel genot?'

Ik was haar vergeten... En toch heb ik aan haar gedacht, vanavond, onder het lezen.

'En, konijntje van me? Klaar voor nieuwe avonturen?'

'Reken maar.'

'Heeft Plutarchus je wakker gemaakt?'

'Ja, dat geloof ik wel, dat hij me wakker heeft gemaakt... ik hoop het.'

'Dat hoop je? Dus ben je minder... minder slap dan pas?'

'Dat hoop ik ook.'

'Vaster besloten?'

'Ik denk het wel.'

'En hebben we dat aan Plutarchus te danken? Geweldig, die man.'

'Ja, hij geeft uitstekende raad.'

'Je had eerder aan die filosofie moeten beginnen, konijntje van me.'

'Dat denk ik ook.'

'Nu dan, laat maar eens gauw zien. Na de woorden nu de daden! Mooie woorden dienen nergens toe als ze niet door daden gevolgd worden.'

'Daar ben ik het volkomen mee eens.'

'Kom dan, konijntje van me, dan kunnen we de liefdesstimulerende werking van de filosofie constateren.'

Wat dat betreft heb ik mijn twijfels.

Ze doet het licht uit. Ik tel tot drie en dan verhelder ik het misverstand.

'Plutarchus heeft me wakker gemaakt, dat is waar, en ik voel me minder slap, maar misschien niet in de betekenis die jij daaronder verstaat. Ik ben vast van plan...'

'De liefde te bedrijven als een wildeman!'

'Nee, om nog verder te lezen.'

'Ja, dat is heel goed; je zult je boek uitlezen, je hebt het niet voor niets gekocht.'

'Nee, om erin verder te lezen, vanavond. Ik ben volop in gedachten, ik wil ermee verder, ik wil niet de draad kwijtraken.'

'Wat? Wil je nu nog lezen?'

'Ja, maar trek je er niets van aan, jij kunt rustig slapen, ik zal je niet storen, ik ga wel lezen in de huiskamer.'

'Hou je me voor de mal?'

'Nee.'

'Goed, nu is het wel genoeg. Dit was een erg geslaagde grap van je, ik moest er erg om lachen, bravo, alle eer, enzo...'

'Het is geen grap. Welterusten...'

Ik sta op met mijn boek in de hand en ik ga naar de deur.

'Benjamin, kom terug!'

'Ik ga lezen, dat zei ik toch? Slaap lekker.'

'Benjamin, steek je de gek met me, ofzo? Wil je me vernederen?'

'Nee, ik wil lezen, dat is alles.'

'En ik? Besta ik niet?'

'Jij? Slaap als je slaap hebt, of lees ook, doe maar wat je wilt.'

'Ik wil jou in mijn bed, dát wil ik! Kom, kom in bed...'

'Nee, ík wil lezen.'

'Benjamin, dat *kun* je me niet aandoen...'

Eerste snik.

'Ik doe je geen pijn door te lezen.'

Tweede snik.

'Doe niet alsof er niets aan de hand is, Benjamin, je doet me pijn, je doet me érg pijn, dat weet je best...'

Derde snik.

Wat moet ik daar, op de drempel? Ga ik nu lezen of haar snikken staan tellen?

'Ik wil je niet kwetsen... ik wil alleen maar lezen. Welterusten.'

'Benjamiiiiiinnnn...'

Twintig snikken tegelijk. Een overstroming. De Niagara.

'Béatrice, ik lees niet om je dwars te zitten. Het spijt me vreselijk dat dat je zo aangrijpt.'

'Kom dan terug!'

'Nee.'

'Je bent een te grote egoïst... Je denkt niet eens aan Marianne.'

'Marianne ligt in haar bed.'

'En van haar gescheiden te zijn, door duizenden kilometers, kan je dat niets schelen?'

'Voorlopig is ze nog hier. Welterusten, Béatrice.'

Ik doe de deur dicht. En ik ga naar de woonkamer.

Ik hoor de tranenwaterval, ik hoor de wanhopige kreten, die stem die ze heeft als ze te lang achterelkaar huilt, zo breekbaar als Boheems kristal...

En wat als ze brak? Als ik haar brak, met dat idee van me, dat dolle idee van 'me op mijn gezond verstand te verlaten'?

Dat verdomde gezond verstand! De verleiding, diep in mijn binnenste, mijn gezond verstand ongelijk te geven. Maar... Maar ik heb het boek in mijn hand. Ik hou het stevig vast. Alsof ik mijn persoonlijke toveramulet gevonden heb. Ik hou het goed vast en ik ga ermee op de bank zitten.

Het is moeilijk lezen, het is lezen met een schuldgevoel. Ik hoor haar huilen door de kamermuur heen. Ik herlees de zinnen, onderbroken door snikken. Ik zie het betraande gezicht van Béatrice tussen

de regels door. En ik ga door. Ik ben al te ver om nog
terug te gaan.

Dan…
 Dan geen snikken meer.
 Alleen de nacht.
 Tot het eind van het boek.
 Tot het eind van de nacht.

11

Het koppige hoofdkussen

Ik weet geen raad met mezelf; ik ijsbeer van de ene kamer naar de andere en overal overvalt me de leegte.

Mijn blik blijft ongericht, inactief, zomaar hier of daar hangen. Een speelgoedje van Marianne en ik krijg tranen in mijn ogen. Een kledingstuk van Béatrice en, hup, ik voel me moedeloos en terneergeslagen.

De keuken hoont me weg. Ik kan eten wat ik wil, pizza's weigeren, maaltijden overslaan, het maakt allemaal niets uit; in deze keuken besta ik niet.

Mariannes kamer spreekt me, droevig, ongebruikt, beschuldigend toe: Zie je nu wat het je heeft opgeleverd?

Ik ga op het bed zitten, neem het kussen in mijn armen, snuif er de geur van op... En het kost me hondse moeite om weer op te staan, om niet meer het achtergelaten pluche-beest aan te kijken, dat in close-up voor me opdoemt. Marianne, waar is die? vraagt de grote witte hond me. En het is honds-moeilijk de deur weer achter me dicht te doen.

Marianne, waar is die? Ver weg is die... *Is het ver weg, papa? Is het heel veel ver weg?* De stem van mijn dochtertje in mijn hoofd... Ja, het is heel veel ver weg... Veel te ver.

De andere kamer, waar we hebben geravot, waar we hebben gevochten, wijst me met de vinger aan: Nou, jij mag wel trots wezen! Wat heeft het je opge-leverd? Wat heb je ermee gewonnen, nu ben je een-zaam als een gekwelde ziel en... eigen schuld!

Béatrice's hoofdkussen maakt een droevige, ver-laten indruk en het maakt me bittere verwijten: Al-lemaal vanwege een boek, het boek van een vent die al duizenden jaren dood is, een vent die niet eens op de televisie geweest is en van wie je dacht dat zijn proza nog steeds actueel was. Is dat nu al die pijn waard? Alle pijn die jij hebt teweegge-bracht...

Ik herinner me de snikken, de zo gratievolle snik-ken van Béatrice (ze huilt met heel veel gratie, met heel veel klasse...). Ik herinner me die koppige wil om nee te zeggen, nee, ik geef niet toe; die halsstar-righeid.

Ik herinner me dat ik, toen ik tegen de ochtend in bed kwam, luisterde naar de ademhaling naast me, de rustige in- en uitademing van een diepe slaap. Ik herinner me die verbazingwekkende kalmte, diep in mijn binnenste, de rust die heel mijn wezen in bezit nam; dat vredige gevoel dat me vervulde, dat de leegte meer dan vol maakte. Ik hield op niets te zijn, niets dan een holte, niets dan een afwezigheid. Ik werd iemand. Ik moest leren mezelf te kennen... een heel programma, waar ik me al op voorhand op verheugde. Ik zag mezelf als in de ochtendstond van een opwindend avontuur. Béatrice's slaap sterkte me: ik had gelijk gehad nee te zeggen en erbij te blijven. Dat was hard bij haar aangekomen, omdat ze het niet gewend was, maar ze had zich ervan hersteld. Ze zou zich er telkens weer van herstellen. Volledig, meer dan volledig verzoend met mezelf was ik ingeslapen.

Ik herinner me dat ik 's ochtends onbezorgd was. Ik had heel weinig geslapen, maar zó goed... Het was alsof de kwaliteit van mijn slaap de bescheiden hoeveelheid ervan compenseerde.

Ik herinner me dat ik Marianne klaarmaakte voor school, vrolijk, neuriënd. Ik herinner me dat ik speelde met de graanvlokken van het ontbijt, een zeeslag organiseerde tussen de goede Cornflakes en de kwade. De goede wonnen, maar allemaal samen zijn ze uiteindelijk geëindigd in de buik van mijn dochtertje – die ondertussen, zo gaat het als het spannend genoeg is, vergeten had dat ze er niets van wilde opeten.

Ik herinner me dat ik op het moment van vertrek Béatrice hoorde roepen: 'Benjamin, kom eens hier, alsjeblieft.' Haar stem was normaal, krachtig en vastbesloten, maar dat 'alsjeblieft' verontrustte me, als een voorgevoel...

Ik fluisterde: 'Wacht hier even, liefje, ik ga even naar mama,' en ik glipte de slaapkamer in.

'Ja?'

'Benjamin, wat je gisteravond deed is heel ernstig. Daar zul je de gevolgen van moeten dragen.'

'...Ja?'

'Hou op steeds maar ja te zeggen. Dat kan ik niet uitstaan!'

Wat wil je nu eigenlijk, ja of nee...

'Benjamin, ik moet nadenken over de situatie. Ik...'

'Luister... Het is tijd voor school, kunnen we daar later over praten?'

'Best. Ik zal je vanavond laten weten wat ik besloten heb. En denk maar niet dat je je daaraan kunt onttrekken. Het zal duidelijk zijn dat de boodschap bij je is aangekomen, of je wilt of niet.'

'Krijg ik hem per aangetekende brief?'

Zij haalde haar schouders op en ik vertrok.

Ik herinner me dat ik Marianne onderweg bij de hand hield, naar haar ijle stemmetje luisterde, de school binnenging, haar jasje uitdeed en de rituele woorden sprak; ik herinner me dat ik dat alles deed met een beangstigende intensiteit. Mijn hart liep over.

Ik drukte haar tegen me aan, zonder iets te zeggen. Ik had geen woorden meer; er zouden er te veel nodig zijn geweest. Hoe moest ik haar al die liefde meedelen?

Ik draaide me om, zij bewoog haar hand en toen ze glimlachte, voelde ik hoe zich op mijn lippen de zelfde glimlach aftekende.

Ik herinner me die merkwaardige dag. Aimé feliciteerde me met 'mijn vorderingen': 'Je kunt nu nee zeggen, ontspannen, zonder iemand boos te maken. Ik weet niet of je je dat realiseert, maar je hebt nu met iedereen veel makkelijker relaties …'

Dat was me ontgaan. Makkelijker relaties? Om te lachen. Om je dood te lachen. Maar hij kon het niet raden. Ik zei niets terug, wat had het voor nut? Wie zou me kunnen begrijpen? Over dat soort dingen praat je niet…

Ik had mijn hoofd niet bij mijn werk; ik dacht aan dat besluit waarvan het duidelijk moest zijn dat het bij me was aangekomen.

In de loop van de ochtend belde ik Béatrice en de telefoon ging over zonder te worden opgenomen. Rond etenstijd was ze er niet. 's Middags hetzelfde. Ik stelde me voor dat ze bij de telefoon zat en koppig weigerde op te nemen. Of was ze misschien de deur uit…?

De dag duurde maar voort, er kwam geen eind aan; ieder volgend uur leek langer te duren dan het voorgaande. Het was een eindeloos aftellen.

En die angst, als een stekende pijn, dat Marianne er niet zou zijn bij mijn thuiskomst.

Maar ze was er wel.

Ze was er, geanimeerd, stralend:

'We gaan op reis, papa!'

'O? En waarheen?'

'Naar oma!'

Ik vraag niet naar welke oma. Ik heb het begrepen.

'Jij bent niet uitgenodigd, Benjamin.'

Béatrice komt uit de badkamer met een reistas in de hand en het vonnis op haar lippen: 'Ter informatie: ik heb twee vliegtickets voor morgen kunnen krijgen.'

'Morgen?'

'Ja, Odile heeft een vriendin met een reisbureau, die heeft plaatsen voor me gevonden.'

Ik haat Odile. Die vrouw heeft veel te veel vriendinnen.

'Benjamin, luister nu voor één keer eens naar me: we blijven een maand weg, een scheiding zal ons allebei veel goed doen.'

Dat was dus de beslissing.

En komt hij aan? Hij komt aan. Hij komt hard aan.

En de school? De school is geen probleem, Béatrice is goede maatjes met de juffrouw, die er wat trots op is onder de ouders een jeugdboekenschrijfster te hebben – een schrijfster die haar teksten aan de kinderen komt voorlezen – en die 'het grootste vertrouwen' verdient dat ze tijdens die afwezigheid de banden met de school zal aanhouden.

'We nemen huiswerk mee, papa!'

Huiswerk? Nu al?

Ik herinner me die merkwaardige avondmaaltijd.

Béatrice praat met Marianne alsof ik niet besta. Ze vertelt haar wat ze gaan doen, waar ze heengaan. En hoe geweldig het allemaal is.

Marianne was te klein, toen ze in Guadeloupe was, om zich er íets van te kunnen herinneren. Gewoonlijk komen mijn schoonouders hierheen. Dat doen ze een paar keer per jaar. Ze hebben hier in Frankrijk een appartementje aangehouden, dus hoeven wij hen niet wekenlang te logeren te hebben... Ik herinner me: 'Benjamin, ik kan absoluut niet onder één dak leven met mijn moeder. Stel haar vooral niet voor bij ons te komen logeren!' Hoe zal ze dat uithouden?

Béatrice legt uit, specificeert, verheft haar stem... Het is alsof ze een verhaaltje vertelt.

Ze negeert me, ontwijkt mijn blik. Maar ze zegt dat alles voor míj. 'Je zult zien hoe prettig we het daar hebben, je zult er niet meer naar verlangen hier terug te komen!' Het komt aan. Het komt lelijk aan.

Het kleintje is nieuwsgierig, ze stelt vragen en haar ogen stralen. Aan het eind van de maaltijd is de boodschap bij haar aangekomen, ze is verrukt.

En op de rand van haar bed: 'Jammer dat je niet mee wilt komen, papa.'

Ik zeg dat ik niet mee *kan* komen, dat ik geen vakantie heb, maar dat ik anders natuurlijk mee-ging.

Ik herinner me dat ik toekeek hoe Marianne haar knuistjes op het kussen legde en daarna haar hoofd-e daar weer op en dat ik tegen mezelf zei dat ik dat gebaar altijd voor me zou blijven zien, dat ik het al-tijd bij me zou houden, dat niemand me dat kon af-nemen.

Ik herinner me daarna de uitleg bij de tekst.

'Benjamin, ik heb dit besluit genomen om je te laten nadenken over de situatie. Je zult ondervin-den hoe het is om alleen te zijn. Dat zal je een les zijn: dan zul je de voordelen van het gezinsleven inzien. Bij mijn terugkeer zul je dan misschien een andere houding tegenover me hebben aangenomen.'

En omdat ik zweeg liet ze haar pedagogische toon varen. De les was afgelopen.

'Zeg wat je denkt! Begrijp je wat ik zeggen wil?'

Ik herinner me dat er op dat moment iets in me gebeurde, alsof er iets klikte. Ik was niet werkelijk degene die daar praatte, of het was een nieuw ik waarmee ik niet vertrouwd was. En dat me verras-te.

'Wat ik daarvan denk? Ik denk dat het chantage is. Of ik het begrijp? Ja, ik begrijp dat jij wraak neemt.'

'Benjamin! Wat kleingeestig! Je valt me tegen! Ik

probeer alleen oplossingen te vinden waardoor we
weer bij elkaar kunnen komen als... tevoren. Waar
door we weer goed met elkaar kunnen zijn.'

Ik herinner me dat haar stem zich verzachtte
Dat ze me bij mijn nek pakte en mijn wang streelde
en dat ze fluisterde, als een geheim, als een liefdes
uiting: 'Benjamin, ik wil dat we van elkaar houden
Ik wil dat we een echt echtpaar worden.'

Het was sterker dan ikzelf, ik stapte van haar
weg, ik keek haar aan en de woorden kwamen van
zelf.

'Jij wilt niet dat we een echtpaar vormen: jij wil
mijn meerdere zijn.'

Ik dacht dat ze zou flauwvallen van de schok. Ze
verbleekte, keek om zich heen, alsof ze verdwaald
was, alsof ze niet goed meer wist waar ze was.

Daarop kwam ze tot zichzelf.

'Verklaar je, Benjamin! Verklaar je!'

Ik had alles al gezegd en ik was uitgeput.

Ik ging naar bed.

Ik herinner me dat ik haar hoorde huilen en dat
ik geen zin had om haar te gaan troosten.

De volgende dag vertrokken ze. Ik had nauwe
lijks tijd om afscheid van Marianne te nemen.

Ik herinner me...

Ik herinner me dat alles en ik vertel het Béatrice
hoofdkussen. Dat is er niet van onder de indruk
Het blijft dezelfde verwijten uiten: Kijk eens wat j
teweeg hebt gebracht! Zo'n knappe vrouw aan he

huilen maken! Schaam je je niet? Ze is gevoelig, ze is kwetsbaar...

Ik begrijp wel dat dat kussen partij kiest voor Béatrice, omdat het het hare is. Maar evengoed, luister eens, jij, ik heb mijn redenen: ze heeft Marianne meegenomen, zij behandelt mij slecht. Kijk, dat ik niet elk moment in snikken uitbarst wil toch nog niet zeggen dat ik geen gevoelens heb!

Dat stomme hoofdkussen is zo koppig als een ezel: ik ben slecht, zij is het slachtoffer, daar is het niet vanaf te brengen.

Plotseling, als ik me tot mijn eigen kussen wend, het enige dat me kan begrijpen en dat ik als getuige neem, realiseer ik me dat ik hardop praat. Dat ik in mijzelf praat.

Ik praat in mijzelf, als een oude vrijgezel. Daar moet ik van rillen en ik zwijg.

Dat verandert niets; de stilte is vol van de woorden die ik tot mezelf richt.

Waar is ze, Marianne, Marianneke? Hop Marjanneke, stroop in 't kanneke, laat de...

12

De plas van de vissen

Ik drentel eromheen; kijk hem vragend aan: houden we ons aan de instructies, of zijn we ongehoor-
zaam? De telefoon is neutraal, kiest geen positie in
deze kwestie: De beslissing is aan jou, ik ben niet
meer dan een ding.

De instructie: Jij belt niet, ík bel jou, begrepen?

Ik ben maar één keer gebeld, een microscopisch
kort gesprek: 'We zijn aangekomen, alles in orde.'
En de stem was niet die waarnaar ik zo verlangde.

Drie dagen zonder nieuws van haar. Drie dagen
zonder het ijle stemmetje van mijn dochtertje. Drie
dagen en ik wacht nog steeds. Gehoorzaam ik? Het
is genoeg zo.

De stem van mijn schoonmoeder is dor als stro – de
woestijn is zeker minder droog. Ze herinnert me
aan de instructie: ik moet niet bellen, Béatrice is
duidelijk genoeg geweest. Word ik ziek van onge-

rustheid? O ja…? Na wat ik mijn vrouw heb aangedaan, moet ik niet ook nog het lef hebben me te
beklagen! Oké, oké, daar zie ik onmiddellijk van af,
ik wil alleen maar met Marianne spreken, alstublieft, mevrouw.

'Het is heel ernstig, Benjamin. Uitermate ernstig. Een man die zijn vrouw niet respecteert is een
vrouw als Béatrice niet waard.'

O? Met een ander zou dat minder vervelend zijn?
Zijn er vrouwen die je respectloos kunt behandelen
zonder dat het geeft? Ik moest de Verklaring van de
Rechten van de Mens nog maar eens lezen, die zal
ik wel niet helemaal begrepen hebben.

'Benjamin, ik dacht dat je een fatsoenlijk iemand
was. Ik ben teleurgesteld. Erg teleurgesteld.'

'Ik ook.'

'Pardon?'

'Ik ben ook in u teleurgesteld. Ik wil met Marianne praten.'

'O, als je die toon tegen mij aanslaat…'

'U kunt alles tegen mij zeggen wat u voor de
mond komt, zonder van iets af te weten, en ik mag
mooi mijn mond houden?'

'Zonder van iets te weten? Laat me niet lachen!
Ik weet alles, Benjamin. Béatrice heeft me alles verteld. Alles!'

'Wat dan, alles?'

'Alles! Ik was diep geschokt. In jouw plaats zou
ik niet trots op mezelf zijn. Hoe kun je nog in de
spiegel kijken?'

'Ik richt mijn blik op de spiegel. Dat is niet moei lijk, probeer het maar eens... en geef me nu Marian ne.'

Stilte. Dan een klik in mijn oor. Schoonmoeder heeft opgehangen. Ze is erg boos, lijkt me.

Ik bel opnieuw. Ik ben bereid te blijven terugbel len tot ik het ijle stemmetje hoor. Ik ben bereid tot telefoonterreur, dag en nacht. Ik zál met Marianne spreken.

'Benjamin, wij hebben elkaar niets meer te zeg gen.'

'Ik wil spreken met Marianne.'

'Daarvoor moet ik Béatrices toestemming heb ben en die is de deur uit.'

'Ik ben Mariannes vader en ik wil met haar spre ken.'

'Bel dan later opnieuw.'

O? en de instructie?

'Ik wil nú met haar spreken.'

'Béatrice heeft gelijk, je bent een vlerk. Ik herin ner je eraan dat ik je schoonmoeder ben!'

Niet lang meer, hopelijk...

Wat? Wie gebruikt er mijn hersenen om zoiets te denken? Dat móet ik wel zelf zijn, anders zou ik het niet weten... Ik ben wat in de war. Ik heb die gedachte niet aan zien komen, het is alsof hij al binnen in me zat zonder dat ik op de hoogte was. Het verwart me zo dat ik me met moeite realiseer: door haar tegen te vallen en me respectloos, als een vlerk te gedragen, daardoor krijg ik nu mijn zin. En dan willen ze dat ik hoffelijk ben? Een droevig lesje, dat ik zo leer.

'Papa?'

Het ijle stemmetje ontroert me zo dat ik mijn vreugde nauwelijks voel, zo word ik erdoor overspoeld. Er is niet mijn vreugde aan de ene kant en de rest van mijzelf aan de andere. Ik bén die vreugde, volledig en exclusief.

'Papa, ben jij dat?'

Het is al een wonder dat te horen. Alles wat ze zegt is mooi. Ze weet het niet, en dat is ook al zo mooi; al haar woorden zijn juweeltjes.

En dat ik tegen haar praat, dat is vooral om het genot haar te horen antwoorden, om de vreugde van die stem.

'Papa... De vissen, plassen die ook?'

Is dat niet mooi?

Ik zeg tegen haar dat ik niet zo veel over vissen weet, maar dat volgens mij de vissen ook plasjes doen, waarom ook niet...

'Dus als ik in zee ben, dan zit ik de de plas van de vissen...'

Het is al te mooi! Petje af! Ik bewonder haar. Ik ben trots. Daar had ik nooit aan gedacht.

'Papa... Soms, ik doe het niet expres, maar soms drink ik uit de zee. Drink ik dan vissenplas?'

Het is geweldig. Ik geniet. En ik stel haar gerust: er is zoveel water in de zee en de vissenplasjes zijn zo klein dat ze verdund worden, vermengd met het

water, en dat er uiteindelijk bijna niets van over-
blijft. Ze kan echt rustig de zee in.

'Jawel, maar er blijft toch een beetje van over. Ik
wil niet in de plas badderen.'

Ik weet niet of ik zelf nog de zee in kan zonder
die zelfde bijgedachte... Maar het is zo mooi, zoals
ze het zegt.

'Oma en mama zeggen dat de vissen geen plasjes
doen.'

Goed ... Ik krijg er vast en zeker moeilijkheden
mee, maar zoals de zaken nu staan...

'Oma en mama denken dat je te klein bent om te
begrijpen wat ik je net heb uitgelegd. Iemand die
groot is begrijpt dat de plas van de vissen bijna weg
is doordat hij vermengd is met zoveel water. Maar
ik denk dat je groot genoeg bent. Denk je ook niet?'

Ze aarzelt en laat dan een verrukkelijk 'mmmm-
ja...' horen.

Volgens mij gaat ze over die kwestie nadenken,
dat wil zeggen er serieus over praten met haar pop,
waarna de pop haar, voldoende geïnformeerd, mee-
deelt wat ze van dit alles moet denken. Die stemlo-
ze pop vertelt Marianne dikwijls wat Marianne
denkt. Nuttig, zo'n pop...

Hoe dan ook, ze gunt zichzelf de tijd om tot een
mening te komen en verandert van onderwerp: 'Ik
wil dat je hier komt, papa.'

Ik smelt weg. En ik stel me Béatrice voor, met uit-
puilende ogen en een stem als een zweepslag: '...Als-
jeblieft! Spreek met twee woorden, zoals het hoort!'

'Je wilt dat ik alsjeblieft ook kom... Dat kan ik niet, engeltje, ik heb geen vakantie.'

'Zeg maar tegen dat vette varken dat je vakantie...'

'Hij is geen vet varken, liefje. Hij heet Aimé.'

Ze is uit het veld geslagen.

'Maar mama zegt...'

'Dat weet ik wel, maar voor ons heet hij Aimé, goed?'

Deze keer verander ik van onderwerp, of liever, dat probeer ik.

'Papa, ik wil dat je ook hier bent...'

Ik smelt, en ik lijd pijn.

'Je wilt me bij je hebben... Dat zou ik ook graag willen, maar...'

Maar ons gesprek wordt energiek onderbroken. Béatrice verschijnt op het toneel; ik hoor haar halfdorre stem, waarin droogte en beleefdheid merkwaardig vermengd zijn.

'Marianne, zeg gedag alsjeblieft en leg onmiddellijk neer.'

Het kleintje protesteert een beetje, o zo weinig. Te weinig. Dan komen we in een volledig woestijnachtig gebied, niet het minste spoor van begroeiing aan de horizon, ik zie zandduinen zover het oog rijkt.

'Marianne, leg neer! Nu!'

'Dag, papa...'

Geen verdriet in dat stemmetje. Berusting, gewenning.

'Bij die mensen, mijnheer, daar overlegt men niet, men beveelt', zong Jacques Brel.

'Dag, mijn engeltje, mijn feetje, mijn liefje...'

Ze hoort het vervolg niet, de klik in de hoorn signaleert me de censuur. Dat ik aan haar denk, gecensureerd. Dat ik haar mis, ook al gecensureerd. Dat ik van haar hou, nog steeds gecensureerd.

Ik veeg mijn ogen droog met de rug van mijn hand en ik leg de hoorn neer.

Ik ben ongelukkig.

Ik heb mijn twee armen, mijn twee benen en mijn goede gezondheid, en toch ben ik ongelukkig.

Ik heb een kind dat leeft, dat goed gezond is en een verrukking om te zien en niettemin ben ik ongelukkig.

Ik heb een interessant beroep, ik verdien goed mijn brood, ik heb een prettig huis, leuk dat u ernaar vraagt én ik ben ongelukkig.

Mijn vrouw is knap en intelligent en ik ben ongelukkig.

Tal van mensen zouden mijn plaats in het leven, mijn plaats in mijn bed willen innemen en ik ben ongelukkig.

Ik ben bevoorrecht én ik ben ongelukkig.

Het ergste is dat ik me er niet eens voor schaam.

Mijn neuron beweegt zich – ik voel dat hij alleen is, verlaten, zijn makkertjes hebben hem in de steek gelaten. Ik heb nog maar één, ontredderde, neuron.

Mijn neuron verlangt naar actie, in plaats van verslagenheid. Hij denkt dat met een beetje actie in het vooruitzicht al zijn uit mijn hersenen weggevluchte makkertjes onmiddellijk weer zouden komen opdagen. Zo van: Als er werk aan de winkel is, goed, dan komen we eraan, maar als er gesteund en gekreund moet worden, vergeet het dan maar.

Ik stem in stilte toe, ik knik vriendelijk. Actie... Maar hoe?

Een vereniging stichten voor miskende, vertrapte, beschadigde echtgenoten?

Marianne ontvoeren, er met haar vandoor gaan, ver, ver, ver, heel ver?

Een apotheek kopen om met rust gelaten te worden en met Marianne onder hetzelfde dak te kunnen zijn?

Met rust? Dat dacht je maar! Denk je dat ik gek ben ofzo? Geloof je daar zelf in? – zo reageert mijn neuron, teleurgesteld, ontnuchterd.

Maar wat dan?

Gehoorzamen?

Gehoorzamen, maar ditmaal bewust, en beseffend waarom?

Of...

Of?

Ja, natuurlijk.

De minst slechte oplossing. De enige.

Ik stem erin toe, langzaam stem ik erin toe, en mijn neuron is tevreden – die krijgt versterking, op korte termijn.

Mijn beslissing jaagt me schrik aan én motiveert me, lacht me toe én verdriet me, maakt me kwetsbaar én versterkt me.

Om dichter bij mezelf te zijn, bij die mengelmoes van gevoelens, zou ik moeten huilen en lachen tegelijk.

En dat doe ik ook.

13

De foto onder de bank

Ze voelde dat ik naar haar keek, ze keek op en glimlachte.

Ik voelde dat zij naar mij keek, ik keek op en
glimlachte.

We glimlachen vaak naar elkaar, zij en ik.

Ik weet nu al dat als zij vertrekt de apotheek me
leeg zal voorkomen. Of vol van haar afwezigheid.

De nieuwe assistente heet Sarah. Een verrukkelijke
voornaam. Ze is er maar voor een paar maanden,
voor de duur van een zwangerschapsverlof. Zwan-
gerschapsverloven duren afgrijselijk kort, als je erover nadenkt.

Aimé vraagt me: 'Wat vind je van Sarah?' Wat
bedoelt hij daarmee? Ik zeg tegen hem dat ik haar
oké vind, heel erg oké.

Een beetje oké misschien...?

Zij trekt mij niet aan, nee, dat is het niet, helemaal niet, maar ja... ik vind haar wel erg aardig.

Ze praat zo zacht tegen me dat het lijkt alsof ze me confidenties doet. De manier waarop ze naar mij lacht geeft me het gevoel dat ze blij is dat ik er ben.

Nee, ik haal me geen sprookjes in het hoofd, absoluut niet. Nee nee, het is gewoon sympathie, meer niet.

Ik voel wel dat ze me sympathiek vindt, dat soort dingen kun je wel raden. Ze weet dat ik haar aardig vind: het is sterker dan ikzelf, ik zoek haar gezelschap.

Een kwestie van wederzijdse sympathie, meer niet.

Nee nee, ik zou haar niet buiten werktijd willen ontmoeten, we gaan niet alles door elkaar halen. Nee nee, dat moet niet, ze zou denken dat ik me dingen in mijn hoofd haal... dat zou onze vriendschap bederven. We zijn geen vrienden, dat weet ik, we zijn gewoon collega's, maar daarom kunnen we nog wel vriendschap voelen.

Laatst, ik weet niet meer waarom, kregen we samen de slappe lach. We lachten ons tranen, allebei; en toen we eindelijk gekalmeerd waren, toen we elkaar weer konden aankijken zonder opnieuw in lachen uit te barsten, was het alsof we elkaar al lang kenden, of we elkaar goed kenden, alsof we iets gemeen hadden. Dat was een vreugdevol moment, een gelukkig moment... Niet alleen dat lachen, maar ook het moment daarna; vooral dát moment.

Sindsdien is het als een vriendschapscontract dat we samen getekend hebben. Als je zó met iemand kunt lachen, voel je verwantschap met zo iemand; een soort intimiteit.

Ik denk dat er mannen zijn die met vrouwen naar bed gaan zonder voor hen een even intens gevoel van intimiteit te hebben als ik toen gekend heb.

Het is een bizar idee, ik weet niet waarom ik er zo aan vasthoud, waarom ik erop terugkom: wij zijn, zij en ik, intiemer dan sommige geliefden.

Jawel, ik weet wél waarom. Intimiteit in bed, dat is iets dat ik al jaren en jaren niet meer beleef en dat ik niet meer zál beleven. Nee, ik ben te oud. Te zeer beschadigd. Ik heb niets dat een vrouw zou kunnen behagen. Als ik niet haar geliefde kan zijn, dan toch tenminste haar vriend.

Ja, dat is het, alleen dat, ik zou haar vriend willen zijn. Als een vriend uit haar kindertijd, aan wie ze intieme dingen kan toevertrouwen, tegen wie ze alles kan zeggen. Een boezemvriend.

Ik kijk naar haar, dat is als het ware een automatisme dat ik ongemerkt heb opgedaan; ik kijk vaak naar haar, en lang. Ze is aangenaam om naar te kijken. Haar haren zijn een beetje springerig, zitten heerlijk in de war, alsof ze dansen op haar hoofd. Ze heeft zo'n klein neusje dat je zin hebt erin te bijten, in één hap zou het weg zijn. Ze heeft dikke lippen, gemaakt om te zoenen. Niet door mij, nee, daar denk ik niet eens aan. Haar lippen zijn het waard gezoend te worden door een interessant iemand, niet zo'n kleurloos type als ik; ik maak mezelf niets wijs, nee…

'Je mag haar wel, niet?'

Ik schrik op.

Dat is de stem van Aimé. Ik vraag me niet af over wie hij het heeft. 'Ja,' zeg ik, 'zeker…' En omdat hij niets terugzegt, ga ik door: 'Ze is heel sympathiek.'

Ze is sympathiek… Die woorden spelen door mijn hoofd terwijl ik me klaarmaak om naar buiten te gaan. Ik weet niet waarom dat zinnetje voor mij zo verdrietig klinkt, zo intens verdrietig. Dan merk ik: Sarah staat daar, vlak bij me. Ik houd de deur voor haar open en ga achter haar naar buiten.

We staan allebei op de stoep, ik vang haar blik terwijl ze me goedenavond wenst.

Vreemd is dat. Ik hoor: 'Goedenavond?' Ik hoor een vraagteken. En ik antwoord, zonder het te weten antwoord ik: 'Nee' op dat 'Goedenavond'.

'Heb je… Heb je even tijd vanavond, Sarah?'

Ze glimlacht, verbaasd.

'Ja, dat denk ik wel… Waarom?'

Dan is het alsof ik van tevoren stiekem heb bedacht wat ik zal zeggen, en hoe. Het is merkwaardig wat er hier gebeurt; het is sterker dan ikzelf: ik zeg dat ik vlakbij woon, dat ik haar uitnodig om bij mij thuis een glaasje te komen drinken. En dat ik dat gezellig zou vinden.

Nu praat zij alsof ze haar antwoord al klaar had. Ze zegt, zonder aarzelen:

'Ja, graag. Als jij tijd hebt...'

Of ik tijd heb? Als ik het haar voorstel, heb ik natuurlijk tijd. Ik antwoord op de vraag die zij niet gesteld heeft, maar die ik wel hoor. Ik zeg dat ik op dit moment alleen woon, dat mijn dochtertje voor een tijdje met haar moeder weg is.

'Woont je dochtertje normaal bij je?'

'Tot nu toe wel, ja.'

Haar toon wordt aarzelend en ik voel mezelf wankelen...

'Ben je... Ben je niet getrouwd?'

'Bijna niet meer.'

Ik heb óf te veel gezegd, óf niet genoeg.

Net als vroeger in mijn opstellen stort ik me in een onhandige redenering. Net als vroeger beheers ik de stof onvoldoende, maar ben ik van goede wil. Ik zeg haar dat mijn vrouw en ik niets meer gemeen hebben – ik denk: 'en vooral de liefde niet', maar dat zeg ik niet. Ik zeg haar dat ze bij me weg wil en dat dat goed uitkomt omdat ik haar niet meer kan verdragen. Ik zeg haar dat ik wel mijn trouwring heb afgedaan, maar niet om vrijgezel te lijken, dat het een symbolische handeling was. Ik zeg haar dat mijn aanstaande ex-vrouw mijn dochtertje wil mee-nemen, naar ver weg, heel ver weg van mij.

Ik praat langzaam, al lopend, ook dat heel lang-zaam. Ik voel haar blik op mij en ik voel me sterk genoeg om haar van mijn hele zwakte op de hoogte te brengen. Ze kan het maar beter weten.

Ik zeg haar dat ik schade heb opgelopen, dat ik behoorlijk kapot ben, en dat ik voorlopig in reparatie ben.

Ze glimlacht.

Ze glimlacht! Ik zeg haar dat ik half naar de knoppen ben, en zij glimlacht!

Ik doe de deur van het appartement open en breng haar naar de huiskamer.

Ze merkt onmiddellijk de niet te missen foto van Béatrice op, die daar zo is opgehangen dat er geen ontsnappen aan is. Béatrice, die aanwezig wil zijn als ze afwezig is; en die er tweemaal wil zijn terwijl ze al zo uitdrukkelijk aanwezig is.

'Is zij dat?' vraagt ze.

'Dat was ze.'

Ik haal de lijst van de muur en stop hem onder de bank. Te laat, ze heeft de vrouw op de foto gezien. Ze denkt haar gezien te hebben. Ze heeft alleen maar een beeld gezien, maar dat weet ze niet. En net als de andere vrouwen die die foto zien, voelt ze zich gelijk al bleek, onbetekenend en kleurloos. En ze heeft nog geluk: sommige anderen voelen zich heel wat minder, ronduit lelijk. Daar is de foto ook voor bedoeld. Alleen Odile is er volmaakt aan gewend. Terwijl Odile toch... Laat maar.

'Ze is erg mooi...'

Sarah zegt dat heel zacht, met een dromerige stem. Ik begrijp: welke normale man heeft zin om bij zo'n vrouw weg te gaan?

En ik denk: Een normale man blijft niet bij zo'n vrouw. Maar het zou zo lang duren, zo vermoeiend zijn om dat uit te leggen.

Mijn zwijgen verbaast haar.

'Vind je haar niet mooi?'

'Nu niet meer. Ze is mooi, zeker, maar dat is alleen de buitenkant. Ik zie het niet meer.'

'De buitenkant?' herhaalt ze, nog steeds dromerig.

Ik neem het mezelf een beetje kwalijk. Ik zou haar niet graag al te gecompliceerd voorkomen. Als ik nu één keer eens niet wantrouwig tegenover een vrouw sta... Deze vrouw verzoent me met alle andere (nu ja, bijna alle). Ik liep gevaar een vrouwenhater te worden. In elke vrouw zag ik tenslotte een potentiële Béatrice. Het was ziekelijk geworden, de onschuldigsten van hen leken me hun kaarten weg te houden – en hun ware gezicht te bewaren voor hun naaste omgeving. Ik heb Béatrice in gezelschap zo dikwijls charmant zien optreden dat iedere charmante vrouw voor mij verdacht is geworden (en iedere knorrige, snel geïrriteerde of zwijgzame vrouw me eigenlijk eerlijk is gaan voorkomen).

Deze vrouw geneest me. Ik vermoed in het geheel geen verborgen zijde, geen achterkant van de medaille. En toch is ze charmant...

Het is roerend hoe ze met me meeloopt naar de keuken, toekijkt hoe ik de glazen pak, zoute koekjes, ijsklontjes... Het is roerend hoe ze me met haar ogen volgt. Ik vertraag mijn gebaren; ik zou er mijn leven mee willen vullen, alleen om haar hier te weten, te weten dat ze me gezelschap houdt.

Het is charmant hoe oplettend, geïnteresseerd ze kijkt naar wat ik doe. Zo zou ik ook mijn leven wel willen doorbrengen.

Maar natuurlijk komt er ook een moment dat ik het blad klaar heb. Zij kiest voor port, en nu volg ik haar: ik wil hetzelfde drinken als zij.

We gaan terug naar de woonkamer en ik ben ongerust als ik zie dat ze in Béatrice's leunstoel gaat zitten. Dat is niet oké. Dat is helemaal niet oké.

Ik pak haar hand, trek zachtjes om haar weer op te laten staan en wijs haar een andere stoel aan. Ze protesteert niet.

'Is dat haar plaats?' vraagt ze.

Ik knik en het onderwerp is afgesloten. Ik ben haar daar dankbaar voor, erg dankbaar.

Ze vraagt belangstellend naar Marianne. Dan zegt ze, met iets geks in haar stem, dat ze zelf geen kinderen kan krijgen en dat ze stappen heeft ondernomen om er een te adopteren. Met een wat minder bewogen, wat minder gespannen stem vertelt ze dat het voor een alleenstaand iemand moeilijker is om een kind te adopteren dan voor een getrouwd stel.

Ik raad haar aan te trouwen; zij glimlacht. Ik hou aan: 'Waarom niet?'

Ze zegt dat één keer wat haar betreft genoeg was en komt weer terug op Marianne.

kent. Ik weet dat ik haar zie vertrekken. Dat is alles wat ik op dit moment weet: Sarah vertrekt en ik blijf hier.

Ik blijf zitten met die merkwaardige zin. Ik wil dit mysterie ophelderen, achter die woorden zien wat er daar aan de hand is.

Ik ga op de grond zitten.

Ik moet op de grond zitten om die zin te begrijpen, zo is het nu eenmaal. Wat heeft ze me nu precies gezegd?

'Ik begin me aan je te hechten... Is dat gevaarlijk, denk je?'

Ik laat mijn gedachten gaan zoals ze bij me opkomen. Het is of ik een kraan heb opengedraaid.

Ik weet niet meer hoe je de liefde bedrijft. Ik ben het vergeten. Zou ik het nog kunnen? Is het mogelijk dat zoiets mij overkomt? Dat is al te mooi voor mij. Dat verdien ik niet. Ik ben bang teleur te stellen, zo bang.

Hoe zie ik eruit, in mijn blootje? Ik ben wat dikker geworden de laatste tijd... te veel pizza's, denk ik. Het is te laat. Tien jaar geleden zag ik er nog presentabel uit. En ik zou ook niet... Er zijn gebaren, er zijn handelingen... die al te intiem zijn. Het is bijna pijnlijk ze je voor te stellen, zo intiem zijn ze. En zó onhandig ben ik.

Niet meer aan denken, je hebt gedroomd, vergeet het.

Maar die ene zin...

Ik denk na, zittend op de grond. Ik laat het mysterie helder worden. Plotseling, licht! De zin wordt duidelijk. Ik heb de vertaling ervan gevonden, eindelijk heb ik de oplossing...

Ik sta op.

Op een haar na ben ik gelukkig.

14

Op rapport bij de directrice

Ze lijkt me veranderd en tegelijk ook dezelfde gebleven. Ze lijkt me groter geworden. Ze lijkt me steeds levendiger, steeds knapper, steeds lieftalliger. Ik ben helemaal vertederd.

Ik zeg haar niet dat ik haar heb gemist, ik zeg haar dat ik blij ben dat ze er weer is.

Ze vertelt en ik ben een en al oor. Alles interesseert me. De plas van de vissen, die kan haar bijna niet meer schelen. Ze heeft zwemmen geleerd, ze laat zich graag drijven, om omhoog te kijken naar de hemel, als naar een plafond, zegt ze, een heel hoog plafond. Oma heeft zelfs pizza's gekocht om mama een plezier te doen, liever laat dan nooit, leve de verzoening.

Ik kijk naar haar, ik krijg er geen genoeg van. Ze is hier, een ware zegening. Een geschenk dat uit de hemel is komen vallen – of uit het plafond, wat je maar wilt.

Ik spreek haar naam uit als een snoepje, een al te smakelijk snoepje; Marianne... Ik druk haar tegen me aan, als een schat. Een vluchtige schat.

'Marianne, we worden dol van je! Nu moet je slapen! Ik ben uitgeput... Naar bed!'

Geen verhaaltje vanavond. Het ritueel vlugvlug afgehandeld, alleen maar de handjes gevouwen, voor de nacht in positie gebracht... Ik proef het moment als een wonder. Ik heb het me zo vaak voorgesteld, dat gebaar.

Nauwelijks heeft ze haar ogen gesloten of daar is de trein, instappen meisje, en goede reis...

Ik ga op mijn tenen de kamer uit.

Ik gun mezelf een laatste respijt en ga eerst naar de badkamer. Ik doe de deur op slot.

Een laatste controle... Ik heb schoongemaakt en opgeruimd, ieder verdacht spoor (hoe charmant ook) weggemoffeld, maar daarnet kwam ik nog een haarspeld tegen die duidelijk zichtbaar op de rand van de wastafel lag, eindeloos verwarrend, als een mislukte truc. Ik heb hem opgeborgen in mijn eigen toilettas, samen met andere, even plezierige dingetjes; een dagcrème die ruikt als de ochtenddauw, een paarse, snoeperige tandenborstel...

Het is zover: ik ben op rapport geroepen – 'Benjamin, we spreken als de kleine naar bed is.' Ik heb geen haast.

Ze buigt zich naar de bank en haalt er de foto onderuit. Ze kijkt ernaar met een ontdaan gezicht. Ze schreeuwt niet, ze spreekt met toonloze stem.

'Waarom heb je dat gedaan?'

'Ik... Ik hou niet zo van die foto.'

Ze spert haar ogen wijd open.

'Maar iedereen zegt dat het een fantastische foto is! Martin wil hem als voorbeeld gebruiken voor de vrouwelijke hoofdpersoon van mijn volgende boek. Hij zegt dat ik heel expressief ben, dat ik sensibiliteit uitstraal, een zekere breekbaarheid zelfs. Hij zegt dat het een heel roerende foto is... Dat je die foto niet meer mooi vindt, Benjamin, dat is omdat je me niet meer aankijkt. Je wilt niet weten wie ik werkelijk ben.'

Ik heb zin haar met gelijke munt terug te betalen.

Béatrice's breekbaarheid, die heb ik een vluchtig moment lang waargenomen, toen ze haar beeld onder de bank ontdekte.

Ze stoft haar portret af en hangt het terug op zijn plaats; stapt achteruit en kijkt er aandachtig naar, zoekt zichzelf in de afbeelding, vindt zichzelf terug, stelt zichzelf gerust, fotootje, fotootje aan de wand, ben ik nog steeds de mooiste in het land...? Op dat moment, ja, heeft ze iets roerends, op haar manier; een beetje, misschien... Er is geen reden waarom de strengste onder de bazen niet zijn momenten van twijfel zou kunnen hebben; geen reden waarom hij op die momenten niet iets roerends zou kunnen hebben, hoe autoritair hij de rest van de tijd ook blijft.

Als ze is gerustgesteld richt ze haar pijlen op mij.

De twijfel duurde maar even. Ik bedenk dat dat jammer is, dat ze veel aardiger zou zijn als hij wat langer aanhield.

Zij staat, ik zit.

Zij kijkt op mij neer; ik kijk omhoog.

Zij is zeker van haar overwinning; ik vrees haar te zullen teleurstellen…

'Benjamin, ik hoop dat je mijn afwezigheid nuttig hebt gebruikt. Heb je nagedacht?'

'Ja.'

'Ben je bereid te veranderen?'

'Ja.'

'Wil je dat we samen verder gaan op een nieuwe basis? Op een gezondere basis?'

'Ja.'

Ze glimlacht.

'Wil je dat we samenleven als ware echtgenoten, echtgenoten die van elkaar houden, elkaar begrijpen en naar elkaar luisteren?'

'…Nee.'

'Pardon?'

'Béatrice, het is voor jou ondraaglijk geworden om met mij samen te leven. We kunnen beter uit elkaar gaan.'

'Wat?'

Ze gaat plotseling zitten. Ze kijkt me strak aan.

Het is alsof ze me nooit eerder gezien heeft. Ik herhaal: 'We kunnen beter uit elkaar gaan.'

Ze is bleek. Het is alsof ze ergens pijn heeft; alsof ze verdwaald is en er niets, werkelijk niets is dat haar de weg wijst. Als ik van haar hield, nam ik haar in mijn armen.

'Benjamin, wil je me niet meer?'

'... Het is voor mij ook ondraaglijk geworden, zie je.'

Stilte.

Ze lijkt haar woorden te zoeken. Haar blik verdwaalt, uit het veld geslagen, alsof ze verwacht dat iemand haar te hulp komt. Ik kan niets voor haar doen.

Plotseling denk ik aan Martin, ik ben bereid hem het initiatief te laten, hem te zeggen bij haar te blijven en voor haar te zorgen.

'En Marianne? Je denkt niet aan Marianne! Als je echt van haar hield...

'Ik hou echt van haar.'

'Ik waarschuw je: als wij uit elkaar gaan, krijg ik de voogdij, dat staat vast!'

Ze heeft weer wat kleur gekregen. En haar stem is vaster geworden.

'Hoor je, Benjamin. Ik krijg de voogdij!'

'Daar twijfel ik niet aan.'

'Is dat alles wat het je doet? Dan zie je je dochter maar één of twee keer per jaar, dat is erger dan bij Aurélien!'

'Nee, bij gedeelde voogdij, is...'

'Gedeelde voogdij, dat kun je vergeten! Vergeet dat maar onmiddellijk! Als jij me laat vallen, vertrek ik naar Guadeloupe, ik heb je gewaarschuwd.'

Ze bespiedt mijn reactie.

Ik geloof dat het tijd is om het haar te zeggen...

'Weet je, ik heb nagedacht over jouw idee. In jouw afwezigheid heb ik inlichtingen ingewonnen, ik ben op onderzoek uit gegaan en ik ben op een interessante gelegenheid gestuit: een apotheker die met pensioen gaat en zijn winkel verkoopt...'

'Benjamin? Begrijp ik je goed?'

'Ja, eindelijk zal ik hem dus toch kopen, die apotheek. In Guadeloupe is dat ook veel goedkoper.'

15

De rattenval

Alleen stomkoppen veranderen nooit van mening.
En Béatrice is geen stomkop. Dus...

Ik heb trouwens nooit aan haar intelligentie
getwijfeld, ik heb hem eerder gevreesd... Als ze wat
minder slim was geweest, zou ik me misschien wat
minder leeg gevoeld hebben, wat minder hol, bij
een bepaalde salontafel.

Hoe dan ook...

Na een moment verstomd te hebben gestaan – een
moment waarvan ik geniet, dat geef ik toe – haalt
ze haar schouders op en slaat ze haar ogen ten hemel.

'Zou je achter me aan komen, daarheen? Je zegt
maar wat!'

'Niet achter jou aan, nee. Maar Marianne...'

'O! Want jij gelooft werkelijk dat ik me daar ga
begraven?'

Ik heb me Guadeloupe nooit voorgesteld als een begraafplaats...

'Nou ja! Benjamin! Je dacht toch niet dat ik bij mijn moeder in de buurt ging wonen! Dat zou een hel zijn!'

De verzoeningspizza heeft dus zijn effect gemist. Of misschien is het hun niet gelukt het eens te worden over de plas van de vissen...? Maar goed.

'Béatrice, was dat niet je bedoeling, als we uit elkaar gingen, om daarginds te gaan wonen, met Marianne?'

'Jij gelooft ook alles maar! Dat zei ik om je je een voorstelling te laten maken van wat een scheiding inhoudt. Dat ik daarheen gegaan ben, dat was om je te laten voelen wat het is om van Marianne ge-scheiden te zijn.'

'Was het een vormingsstage?'

'Maak maar grappen! Je zou minder lachen als je Aurélien heette. Voor hem is het een dagelijks lij-den. Hij is tenminste aan zijn kinderen gehecht.'

'Ja, en hij neukt als een konijn. Dat gaat heel goed samen.'

Ze haalt opnieuw haar schouders op en slaat op-nieuw haar ogen ten hemel. Dat zijn bewegingen die samengaan. Een soort choreografie van minach-ting. Ik denk dat als ik nog een paar jaar lang dat altijd eendere dansje moest aanzien, dat spel van haar ogen en haar schouders die tegen mij worden opgezet, dat me dat uiteindelijk ziek zou maken, of erger.

Dus, haar verhuizing naar Guadeloupe, dat was bluf...

Dat komt goed uit. De mijne ook.

Ik stel me een bepaalde glimlach voor, bepaalde kuiltjes in een bepaald gezicht en ik word bevangen door een wolk van dankbaarheid. Dankbaarheid en tederheid tegelijk, een goddelijk mengsel. Dank je, Sarah, dat was een geniale gedachte van je.

Wat? Wat zegt ze daar?

'... Maakte je een grapje toen je zei dat je wilde dat we uit elkaar gingen? Was dat om me op de proef te stellen?'

'Helemaal niet. Ik heb navraag gedaan. Je kunt tegenwoordig tamelijk snel scheiden. Je bent binnenkort vrij, Béatrice.'

Ze is doodsbleek. Alsof ik haar slecht nieuws vertel.

'Maar dat wil ik niet!'

'Ben je van mening veranderd?'

'Ik heb nooit willen scheiden, Benjamin. Ik hou van je.'

Ik ben sprakeloos. Ik voel me ook zelf verbleken.

'Jij dramatiseert altijd alles, Benjamin. Natuurlijk, van tijd tot tijd hebben we wel een aanvaring, zeker, we zijn het niet altijd eens, maar dat is een normale gang van zaken. Dat is de misère van een doodgewoon stel.'

Ik vraag me af waar ze die uitdrukking vandaan heeft, ze houdt er nogal aan vast. Ze heeft hem vast ergens gehoord; Odile? Martin? Of wie weet komt hij recht uit de mond van een Schaap?

Ik ben niet overtuigd. Er zijn geen doodgewone stellen, of ze zijn gelukkig en kennen die misères niet.

'Hou je van me, Benjamin? Hou je nog altijd van me?'

'Wel... Nee.'

Een onthutste blik; ze grijpt mijn hand vast, ruw, woedend.

'Benjamin... Je doet me pijn!'

'Dat spijt me.'

'Je zegt het om je te wreken, maar je houdt wel van me, Benjamin, je houdt nog altijd van me...'

'Nee... Ik voel affectie voor je, vriendschap...'

Mijn God, wat zijn die dingen moeilijk om te zeggen. En om aan te horen...

Ze brult, ze steigert. Ik ben bijna opgelucht, het ogenblik van verdwazing is voorbij.

'Vriendschap! Affectie! Wat kan mij dat schelen! Liefde, dat wil ik!'

Ik denk aan een zekere Martin, ik denk ook aan die schoonheid waar ze zo trots op is en ik denk bij mezelf dat haar geval nog niet zo hopeloos is.

Ik stel haar gerust, zeg tegen haar dat ze andere liefdes zal beleven, dat ze mooi is, dat ze de mannen erg behaagt, dat ze... Ze valt me in de rede: 'Benjamin, je kunt praten zoveel je wilt: ik stem niet toe in een scheiding, punt uit. Jij kunt niet scheiden als ik er niet in toestem.'

'Jawel, ik denk van wel: ik kan om een scheiding vragen wegens "duurzame ontwrichting van het huwelijk", zo heet dat.'

'Dan ben je slecht ingelicht! Die scheiding krijg je alleen als we twee jaar gescheiden van elkaar leven.'

'Nietes!'

'Welles! Ik heb Odile's vriendin, de advocate, ernaar gevraagd. Die heeft me volledig op de hoogte gebracht van mijn rechten.'

'Nou, dan woon ik twee jaar lang alleen en krijg daarna de scheiding.'

'Als je weggaat vererger je je situatie: dan heb je onze echtelijke woning verlaten. Ik weiger je Marianne toe te vertrouwen, zelfs in het weekend, zelfs in de vakanties, en na twee jaar krijg je dan een scheiding wegens schuldige verlating! Twee jaar zonder Marianne te zien, voel je je daar tegen opgewassen?'

'Dat is onzin. Als er sprake is van duurzame ontwrichting kan ik weggaan en Marianne nog steeds zien...'

'Mis, hartstikke mis! Als jij denkt dat er sprake is van duurzame ontwrichting, zoals je zegt, dan moet je dat bewijzen. Ofwel door een feitelijke scheiding van meer dan twee jaar... en zeg dan maar dag tegen Marianne! Of met getuigen: dat wil zeggen dat je meer dan één persoon moet vinden die wil getuigen dat onze huwelijksband ontwricht is, en dat zij dat hebben waargenomen. Dan wens ik je sterkte! Het zou me verbazen als onze vrienden tegen mij gingen getuigen, want daar zou het op neerkomen, zie je!'

Dat zou mij ook verbazen. Onze vrienden, dat zijn háár vrienden. Maar ik betwijfel sterk of de wet iemand verplicht om tegen zijn zin bij zijn partner te blijven, alleen omdat er onvoldoende getuigen bij elkaar te krijgen zijn.

Wie éénmaal gebluft heeft, kan ook driemaal bluffen.

'Béatrice, dat zeg je om me zover te krijgen dat ik ervan afzie, dat weet ik wel.'

'Denk maar wat je wilt. Patricia heeft het uitdrukkelijk zo gezegd.'

'Patricia? Ken ik niet.'

'De vriendin van Odile, die advocaat is. Ze heeft me niet eens het consult in rekening gebracht, aardig van haar, niet?'

'Schattig!'

Haar schouders schieten omhoog, daarna haar ogen... en dan zou ze willen dat ik van haar hield? Dat ik ondanks alles van haar hield?'

'Waarom ben je naar die advocaat gegaan, als je toch niet wilt scheiden?'

'Om me tegen jou te beschermen! Ik had de indruk dat je stiekem op het een of ander zat te broeden. Ik moest mijn rechten kennen. En als meneer me niet gelooft, als hij bewijzen wil... daar dan!'

Ze komt razendsnel overeind, zoekt in haar eigen la, waarin ze de teksten opbergt waarmee ze bezig is en waar ik nooit in kijk – volgens haar instructies. Ze zwaait met papieren, met brochures en gooit die op mijn schoot.

De scheiding aan onwetenden uitgelegd.

Ik lees.

Ik herlees.

Ik zoek de adder onder het gras: die is er niet. Het is gruwelijk duidelijk: als niemand bereid is te getuigen dat 'ons huwelijk duurzaam ontwricht' is, kan ik niet scheiden – behalve als ik Marianne twee jaar lang niet zie.

En Béatrice weet zich te bewegen in societykringen, daar gaat ze door voor een model-echtgenote.

En ik heb me nooit beklaagd bij wie dan ook, dat durfde ik niet. Ik durfde me nauwelijks bij mezelf te beklagen...

En als ik verklaar dat er in haar een andere, veel minder mooie vrouw steekt, dan ben ik de schoft en zij het slachtoffer.

Dus moet ik samenleven met een vrouw van wie ik niet meer hou.

Ik zit als een rat in de val.

Ik ben geschokt, ondersteboven. Heb zin om te huilen. Zin om bij Sarah te zijn, haar in mijn armen te nemen. En haar te vertellen over die helse, onverdraaglijke rattenval.

Sarah – ik zie haar glimlach, ik hoor haar lach...

We zullen elkaar in het geheim moeten ontmoeten, stiekem, ons verschuilen achter overuren, etentjes met een verzonnen vet varken, bijscholingen, stages... Gruwelijk. Ik verafschuw die gedachte. En als ik ervandoor ga, dan zie ik juist Marianne alleen nog in het geheim, incognito; ik zie mezelf al op de uitkijk staan bij het uitgaan van de school, van de dans- of muziekles... Ook die gedachte verafschuw ik.

Als een rat in de val... Voor Marianne moet ik blijven, ik heb in de verste verte geen keus..

'Nou? Zie je dat ik gelijk heb.'

'Zoals altijd...'

'Benjamin, doe toch niet zo lelijk. Ik hou van je, weet je. Jij houdt misschien niet meer van mij, maar ik hou van jou.'

'Nee!'

'Jawel! Ik weet het zeker, dat ik van je hou.'

'Je houdt iemand van wie je houdt niet gevangen.'

'Gelijk al van die grote woorden! Ik wil je bij me houden omdat ik van je hou, dat is wat anders dan je gevangen houden!'

'Wat weet jij daarvan?'

'Ik ken mezelf goed genoeg om te weten dat mijn gezelschap zo onaangenaam niet is. Ik heb uitgebreid aan mezelf gewerkt, weet je.'

'Dan heb je je daar met een Jantje van Leiden van afgemaakt. Je kent jezelf helemaal niet zo goed.'

'Benjamin, stop daarmee! Hou je een beetje in, alsjeblieft. Je schiet er niets mee op als je ons het leven onmogelijk maakt!'

Ons leven onmogelijk maken... Dank je Béa, een prima suggestie, dat is aardig van je.

'Benjamin... Je moet me geloven: ik wil bij je blijven omdat ik van je hou...'

'Van iemand houden, dat betekent dat je wilt dat hij gelukkig is... zelfs ver weg.'

'Dat is een utopie, wat je daar zegt. Een volslagen utopie! Als je van iemand houdt wil je hem bij je houden.'

'Hem bij je houden? Dat is geen liefde, jij bent in de war met bezitsdrang. Jij maakt je illusies: je houdt niet van me, je wilt alleen dat ik je eigendom ben, dat ik je gehoorzaam.'

'Benjamin, jij ziet overal kwaad in!'

'Ja, ik ben nogal lichtgeraakt. Daar moet je maar aan wennen, of me mijn vrijheid geven. Welterusten.'

Ik sta op, vastbesloten.

'Benjamin, dit is voor ons alleen maar een moeilijk moment, daar komen we weer overheen. Als jij je ervoor inzet zul je zien dat alles weer wordt als voorheen.'

'Voor mij hoeft het niet. Gegroet.'

'Benjamin! We zijn nog niet uitgesproken, we moeten niet boos gaan slapen...'

'Ik heb niets meer te zeggen. En we zullen boos

gaan slapen zo vaak als jij dat nodig vindt.'

'Maar luister! Benjamin! Als jij er zo over denkt wordt het onverdraaglijk... voor Marianne.'

'Dat is dan jouw verantwoordelijkheid. Welterusten.'

'Benjamin! Kom terug! Probeer me te begrijpen, doe eens moeite...'

'Jij eerst.'

Ik loop de kamer uit.

Alleen in de slaapkamer. Ik luister naar de stilte en naar al dat kabaal daarboven in mijn hoofd.

Wat als mijn strategie mislukt? En wat als...

Nauwelijks ben ik alleen of daar is mijn gevangenbewaarster ook al. En ze pakt me aan.

Haar handen op mijn huid doen pijn; ik verlang naar andere handen, die me geweldig goeddoen zodra ze me aanraken.

Ik deins instinctief terug.

Ik weet nu dat ik de liefde kan bedrijven, dat dat mooi is, dat het prettig is. De gedachte terug te moeten naar die gewelddadige seksuele gymnastiek zonder gratie en zonder verlangen, doet me gruwen. Nooit meer.

Ik wil die handen nooit meer aan mijn lijf, nooit meer. Nooit, nooit, nooit.

'Benjamin, laten we vrede sluiten... Kom, het is al een maand geleden... ik heb zin...'

'Ik niet. Welterusten.'

'Waar ga je heen?'

'Ik ga op de bank slapen.'

'Nee! Blijf hier! Ik heb je nodig, als je eens wist. Dat kun je me niet aandoen...'

Ik hoor haar stem wel zwakker worden en trillen, voortekenen van de eerste tranen. Ik hoor het wel, maar het doet me niets. Of eigenlijk, ja, het doet me wel iets: het sterkt me in mijn voornemen. In mijn plan.

Terwijl ik de deur dichtdoe breekt de zondvloed al los. Ze huilt, ze huilt hard, ze huilt gigantisch hard, ze huilt hartverscheurend.

Ze doet maar!

Ik lig op de bank.

Ik wacht tot de snikken ophouden. Dat duurt lang. Eerst veranderen ze van ritme, komen ze met grotere tussenpozen, worden ze zwakker. Dan komen ze in volle kracht terug, een tweede golf, en alles begint weer opnieuw...

Dan komt er een derde golf, identiek, en een vierde. De vijfde golf is de laatste.

Ik zeg tegen mezelf dat ik die muziek ook een volgende keer weer te horen zal krijgen, en dan weer, en dan weer...

Hoe vaak nog? Hoeveel weken, hoeveel maanden voor mijn gevangenbewaarster er eindelijk in toestemt me de sleutels te geven? Ik durf nauwelijks te denken: hoeveel jaar?

Ik word omgeven door stilte, ik luister ernaar als naar de zoetste muziek.

Als ik er zeker van ben dat de directrice slaapt als een roos – deze crisis moet haar hebben uitgeput – kom ik stilletjes overeind, sluip ik op mijn tenen weg. Dat roept herinneringen op aan mijn kindertijd. Als kind dacht ik dat ik als ik groot was eindelijk vrij zou zijn. Ik stelde me niet voor dat ik me vrijwillig zou gaan opsluiten in zo'n merkwaardige gevangenis – met zo'n mooie gevangenbewaarster...

Ik sluit me op in de badkamer en, zittend op de vloer – dat is een houding die bij me past – speel ik piano op mijn mobieltje.

Vanavond blijf ik hier slapen, maar ik neem me voor zo vaak mogelijk de benen te nemen. Over de gevangenismuur te klimmen. Te ontvluchten. Ik zie mezelf al in de vroege ochtend thuiskomen, als de vuilnismannen en de bakkers aan het werk gaan, geluidloos het huis binnenglippen, met tegenzin onder de douche gaan, de geur van een andere huid van me afwassen en Marianne wakker maken. En dat zo totdat ...

Totdat de directrice genoeg heeft van haar knechtje dat zich almaar zo tegen de reglementen verzet – het personeel is niet meer wat het geweest is – dan zal ze waarschijnlijk wel besluiten hem de deur uit te doen.

Wordt het knechtje dan misschien, voortijdig, vervangen door een veel minder weerbarstige vrijwilliger? Uiteindelijk deugt hij wel, die tekenaar.

Hij is weliswaar niet helemaal af, maar toch erg sympathiek... Uit naastenliefde zou ik hem eigenlijk moeten waarschuwen.

Benjamin? Ben jij dat?'

Zoals ze mijn naam zegt, die stem... Je zou werkelijk denken dat het de naam is van een beminnelijk iemand. Van een vrij iemand, ook.

Sarah's stem is zo prettig om te horen dat ik moeite heb om haar van mijn kant zulke onplezierige dingen te zeggen. Dat is wel heel weinig elegant...

Ik fluister, ik mompel, ik complotteer...

Midden in de nacht kom ik weer terug op de bank. Hoeveel nachten...?

Ik heb een medeplichtige en denk aan haar en ik voel me rustiger, sereen bijna. Ik herinner me dat gevoel van leegte dat me zo vaak beving, die sensatie van niets meer te zijn... Dat had mijn hele leven kunnen duren. Dat had mijn hele leven moeten duren. Dat scheelde maar een haar.

Ik haal heel diep adem en ik proef met genot de lucht die ik inadem. Ik leef. Ik heb de aangrijpende, alles verdovende indruk op het nippertje ontsnapt te zijn aan een ernstig gevaar.

Plotseling voel ik, als bij een angstaanval achteraf, het koude zweet, de rillingen over mijn rug: wat zou er van mij geworden zijn zonder de salontafel, zonder Plutarchus en zonder Sarah?

Het is alsof die drie door een merkwaardige logica met elkaar verbonden zijn: zonder de salontafel zou ik Plutarchus gemist hebben; zonder Plutarchus zou ik Sarah gemist hebben.

Ik voel het leven in mij, die lust te leven waarvan ik het spoor bijster geworden was.

Het heeft maar een haar gescheeld.